Sonya
ソーニャ文庫

竜王様は愛と首輪をご所望です！

八巻にのは

イースト・プレス

contents

プロローグ

雲間から覗く巨大な月が、石の祭壇を冷たく照らしている。

その上にちょこんとのった一匹の竜を見つめながら、カルディアは小さな宝石がついた銀の首輪をぎゅっと握りしめた。

「安心してオル。今日は……この儀式だけは絶対に失敗しないようにするから」

言葉と共に竜――オルテウスの頭を撫《な》でると、彼は心地よさそうに目を細め、甘えるように喉を鳴らす。

微笑ましさを覚えつつ、カルディアは大きく息を吸い、ゆっくりと目を閉じた。

【魔女の血と月の契約において、汝《なんじ》は我の番《つがい》となり、我は汝の番となる】

古《いにしえ》の言葉を歌うように重ね、カルディアは手にした首輪をオルテウスに差し出す。

幼い頃から心の中で復唱してきたその言葉は、魔女の一族に伝わる古い呪文だ。

――魔女。

それはこの大陸に住む竜と人との絆《きずな》を繋ぎ、『魔法』と呼ばれる特別な力で人々に幸福をもたらす一族だと言われている。カルディアはその一族の血を引いていた。

とはいえ今や魔女は希少な存在で、その力や智恵を受け継ぐ者は年々減っている。それだけでなく、魔女たちの力は徐々に弱くなってきており、カルディアも魔法はほぼ使えず、母から受け継いだ薬草の知識と薬作りで生計を立てている。

だが魔女に生まれたからには、こなさなければならない儀式がある。『番の儀式』と呼ばれるそれは、魔女とその相棒である竜との絆を強め、互いの力を高めるためのものだ。

竜と魔女は、古の時代から共に生きてきた。

時が移り、どちらもその数と力を減らしたが、今なお互いの絆は消えていない。

竜は自分だけの魔女を見つけ、竜に選ばれた魔女は、成人すると竜と『番』になれる。

そうすれば魔女の力がより高まると言われ、多くの魔女と竜がこの儀式に挑んできた。

(でも私が欲しいのは、力じゃない……)

カルディアの前にちょこんと座るオルテウスは、幼い頃から一緒に過ごしてきた、かけがえのない友人でもあった。

竜にしては小さくて不恰好だけれど、彼は母を亡くしたカルディアを支え、どんなときも一緒にいてくれた特別な存在だ。

オルテウスは人の言葉を喋《しゃべ》れない。けれど不思議と彼の言いたいことはわかるし、心も強く繋がっている自信があった。

カルディアのことを大好きでいてくれる彼と本当の家族になりたい。

力が欲しいからではなく、ただそれだけを願い、お互いの魂を重ね合う『番の儀式』をするため、カルディアはこの地を訪れたのだ。

（だからこの儀式だけは……絶対に成功させてみせる……）

魔女としての才能も技量もないカルディアだけれど、この儀式だけはなんとしてでもやり遂《と》げるのだと決意を新たにし、呪文の続きを唱える。

【我の願いに応えるならば、人の姿となりその首に誓いの証を】

カルディアが言葉を重ねると、首輪がふわりと手から離れた。

同時に、小さかったオルテウスの気配が別の何かへと変わっていくのを感じる。

（よかった、上手くいっているみたい）

儀式中は目を開けられないけれど、呪文が正しく作用していることをカルディアは肌で感じた。

番になると、竜は魔女と同じ人の姿になる。鱗《うろこ》に覆われた身体を捨て、牙や角《つの》を隠し、魔女の半身となるのだ。

その姿は竜のときの面影を残すとされている。オルテウスはカルディアが呆れてしまうくらいの甘えん坊だから、きっと若くて小さい竜だろう。

『あんたの竜は不細工《ぶさいく》だし、人になったらきっとひどい容姿よ』と他の魔女たちは笑っていたが、それでも構わないとカルディアは考えていた。

自分と家族になってくれるなら、足が短くても顔が変でも問題はない。

そもそもカルディアだって恵まれた容姿ではなく、そのせいで異性が少し苦手だし、特に見てくれがいい男性には目が合っただけで萎縮《いしゅく》してしまう。

（ああ、彼はいったいどんな姿に変身するのかしら。お腹がぽっこり出ていたから小太りかしら。それに『ぐべぇ』って奇妙な鳴き方をするし、声だってきっと変よね）

きっとガラガラだろうけれど、それもまた可愛らしいに違いないとワクワクしていると、オルテウスの気配が突然ぐっと大きくなった。

同時に力強い視線を感じ、カルディアは小さく首をかしげる。

（あれ、思っていたより……背が高い……？）

祭壇の上に立っているからかしらと考えていると、指のようなものがカルディアの頬を撫でた。

「ようやく、お前にこうして触れられる」

低くて甘い男の声が、骨ばった指先と共にカルディアの頬を撫でた。

予想だにしない美声に身を竦《すく》ませた直後、柔らかい何かがカルディアの唇に触れた。

驚いて目を見開くと、大きな影がゆっくりとカルディアの顔から遠ざかっていく。

その動きを目で追いながら瞬きを繰り返すうちに、彼女はついにその姿を捉えた。

「俺のこの姿は気にいったか？」

首輪を撫でているのは、常人離れした立派な体軀と凜々しい顔を持つ男だった。

年齢はカルディアより上で三十代中盤に見えるが、大人の色香をたたえたその容姿は、街に出れば多くの女性たちを一瞬で虜《とりこ》にするだろう。

だがそんな完璧な容姿の男に、カルディアが感じるのは恐怖だった。

(こ、この人は……だれ……!?)

魔女として人里離れた場所で暮らし、最近ようやく街に出るようになったばかりのカルディアは、男性が――特に背が高くて逞《たくま》しい男性が苦手だった。

元々気が弱く、同性にさえ萎縮しがちなカルディアは、男らしい肉体を見ると恐怖を感じてしまうのである。

なのに今、カルディアが一番苦手とする容姿の男が目の前にいる。

それも全裸で、である。

「こうして見下ろすのもなかなかいいな。真っ赤になったお前に上目遣いで見つめられると、ちょっと興奮する」

「こ、興奮……!?」

「ああ、ついに俺の夢が叶った……! 愛らしい俺だけの魔女を、この腕に閉じ込めてやりてえとずっと思ってたんだ!!」

言うなり逞しい腕でぎゅっと抱き締められ、男の声が耳元まで近づいてくる。

「俺、お前に相応しい雄になれただろ?」

甘い声で囁《ささや》かれた瞬間、カルディアの意識がふっと遠のく。

(これは全て夢よ……。だって私の竜は……小太りで短足な男の子に変身するはずなんだもの……!)

まかり間違っても、手足が長く、腹筋の割れた渋くてかっこいい男になるはずがない。
だからこれは夢に違いないと思っているうちに、カルディアの意識は完全に失われた。

第一章

オルテウスがカルディアの前に現れたのは、風が吹き荒れる夜のことだった。

竜王歴一二二九年、春の第七日のことである。

その頃まだカルディアは七つで、モラグ大陸の北の果てにある魔女の隠れ里で魔女見習いとして暮らしていた。

当時隠れ里にはカルディアの他に七人の魔女見習いがいたが、相棒となる竜が見つかっていないのはカルディアだけだった。

そもそも竜が魔女の相棒になるのは、魔女の身に宿る魔力を求めるがゆえである。

かつて竜たちは自在に魔法を使い、荒れ果てたこの大陸を開拓し、大きな国をいくつも築いた。だが千年の間に、魔法の発動に欠かせない魔力が大地から枯渇《こかつ》し、竜のほとんどが己だけでは魔法を使えなくなったのだ。

彼らが魔法を使うには、魔力を体内に持つ特別な人間の力を借りなければならない。

その特別な人間こそが、魔女の一族だった。

ただし魔女の身に宿る魔力の量には差があり、カルディアの持つ魔力の量はあまりに少ない。カルディアを頼ろうとする竜など一生現れるわけがないと、周りからは馬鹿にされ、幼いカルディアは他の見習いたちと一緒に魔女の授業を受けることすら許してもらえなかった。

その境遇はカルディアの母も同じで、魔力が少なかった母もまた竜を得ることができない半端者だった。けれど母はそれにめげず、独学で薬学を究め、名高い薬師になった。『あなたにもいつか竜が来てくれる』『あなたにできることをすればいい』。母はたびたびそう言ってカルディアを慰《なぐさ》め、薬の知識を授けてくれた。

けれど、その母もカルディアが六つのときに病気でなくなってしまった。

以来カルディアは里の隅っこに小さな天幕を張り、息を殺すようにして生きることを余儀なくされたのだ。

彼女にとって、風の日ほど忌々《いまいま》しいものはない。

母の形見の天幕はもはやボロボロで、強い風が吹けば飛び、ひどいときは布地が裂けてしまう。母と二人だった頃はその粗末な作りを二人で笑い合い、風の日は二人で柱を支え、雨の日はひどい雨漏りをネタに歌を歌って楽しんだが、その母もいなくなってからは、ひとりで過ごす風の日の夜はあまりに辛く寂しい。

だからその日も、カルディアは柱に腕を回したまま途方に暮れていた。

このまま永遠に風がやまなかったらどうしようと考えながら、たったひとり眠れぬ夜を過ごしていた。

『……ようやく、見つけた』

風に紛れて何者かの声が聞こえたのはそのときだった。

それに続き、何かが木をなぎ倒しているような音が響く。

音に驚き慌てて顔を上げたカルディアは、大きな影が月明かりによって天幕に映し出される様を見た。

あまりに巨大な影は化け物のように見え、カルディアは思わず悲鳴を上げた。

すると、その声に怯んだように影は動きを止め、天幕の中の様子を窺うように揺れる。

風が唸《うな》り、天幕が大きく揺れた。縛っていた入り口の布が裂け、強い風が中へと吹き込んできた。

このままでは天幕ごと飛ばされてしまうと青ざめた瞬間、冷たいものがカルディアの顔面にペタリと張り付いた。

途端に、あれほど強かった風が治まり、轟音《ごうおん》が消える。

『ぐべぇ』

代わりに響いたのは、なんとも言えない情けない声だった。

聞くだけで笑ってしまうようなその声に噴き出した瞬間、カルディアの顔に張り付いていた何かがポロリと落ちる。

足下を見ると、そこにいたのはトカゲだった。

それも、ひどく間の抜けた顔のトカゲである。

「もしかしてあなた、風で飛ばされてきたの？」

だとしたら怪我をしていないだろうかと心配になり、カルディアはトカゲの側にしゃがみ込む。

「痛いところはない!?　あったら遠慮なく言って!!　私こう見えても、お薬をいっぱい持っているのよ！」

焦《あせ》るあまり、カルディアはトカゲに向かって本気で話しかけていた。するとトカゲの口がまるで笑うように弧を描く。

「もしかしてあなた、私の言っていることわかるの？」

トカゲが肯定するように、器用な足取りでカルディアの膝の上にのる。尾をぶんと強く振った瞬間「ぱんっ」と何かが弾けるような音がして、見覚えのない手紙がカルディアの手の中に現れた。

「……これは？」

やけに立派な封筒に入った便箋《びんせん》を開くと、外見からは想像もつかない下手くそな字が綴《つづ》られている。見ているだけで頭が痛くなってくるような下手さである。

けれど膝の上のトカゲが読めと催促するようにピョンピョン跳ねるので、カルディアは必死に目をこらす。

『あなたのリュウにしてくだちゃい』

蛇《へび》がのたくったような文字だが、手紙には確かにそう書かれていた。

内容に驚き、カルディアはもう一度自分の膝へ目を向ける。

改めて見ると、膝の上にのっているのは厳密にはトカゲではなかった。その頭には小さな角が生えていて、背中には不格好な翼も生えている。

「あなた、まさか竜なの？」

問いかけにコクンと頷き、ぐべぇという鳴き声が返ってくる。

人の言葉を完璧に理解しているとしか思えない仕草を見て、カルディアは目の前にいるのがトカゲではないと確信した。

「あなたの名前は？　何歳？　ヒトの言葉は喋《しゃべ》れないの？」

興奮のあまり矢継ぎ早に質問を繰り出せば、竜は困ったようにぐべっと声を詰まらせ、目を泳がせる。

その様子を見れば、幼いカルディアでも彼が質問の答えを持っていないのだとわかった。

(もしかしたら、ものすごく幼い竜なのかも)

小さな身体や愛嬌《あいきょう》のある仕草から察するに、生まれてすぐカルディアの気配を辿ってここに来たのかもしれない。

竜は生まれたときから魔女を感知する力が備わっているというし、赤ちゃん竜を相棒にした魔女見習いも何人かいた。

「もしかしてまだ名前もないの？」

おずおずと尋ねると、その通りと言うように小さな首が縦に揺れる。

「だったら私が素敵な名前をつけてあげる！」

身体をすくい上げ、鱗に覆われた頭をじっと見つめる。見た目はとても情けないけれど、カルディアにとって目の前の竜は救世主だった。

そう思うと、頭の中に浮かんでくる名前はただひとつ。

「あなたのことはオルテウスって呼ぶわね」

その途端、竜はまん丸な目を更にまん丸にしてカルディアを見た。

「もしかして雌だったかしら？」

ぐべぇと鳴きながら、竜は首を横に振った。

「だったらオルテウスにしよう！　この名前は、この世界で最も偉大な竜のものなのよ」

竜王オルテウス。それはモラグ大陸で最も大きな国『オルニア』を建国し、発展させた偉大な竜の名だ。

鋼のように硬い鱗と黒いたてがみを持ち、その身に膨大な魔力を蓄えた特別な竜であるオルテウスは、大地から魔力が枯渇した後も魔女に頼らずとも大地を抉《えぐ》り、天を裂くほどの魔法が使えたと言われている。

その力で国を守り、海の向こうの蛮族を幾度となく退けたおかげで、この地は長いこと平和でいられたのだ。

竜王は残念ながら、去年突然の病で亡くなってしまったが、その功績は今も語り継がれており、竜や人の子供に彼の名をつけると、王の加護によって健やかに育つとまで言われている。

「オルテウス——だからオルって呼ぶね。私はカルディアよ」

『ぐべぇ』

「ディアでもいいわ」

『ぐべ』

「あなたの鳴き声って可愛いわ。お喋りできないのは残念だけど、私たち良い相棒になれそうね！」

持ち上げたオルテウスに頬ずりしながら微笑めば、彼もまた甘えるように頬を寄せてくる。

その瞬間、カルディアはこの小さな竜との間に強い絆が生まれたことを感じた。

一生続く永遠の絆を、彼女は確かに感じたのだ。

＊＊＊

鼻先を香草の香りがくすぐり、闇に捕らわれていた意識がゆっくりと浮上する。

（この香り……オル……？）

オルテウスは寝起きの悪いカルディアを起こすため、森で採取したハーブや花でカルディアの鼻をくすぐるのが常だ。

世話焼きな彼は小さな身体と細やかな魔法を使い、彼女を起こし、朝食を用意してくれ

るのである。

(今日の香りは……ローズマリーかしら……)

今日も素敵な気持ちで朝を迎えさせてくれる相棒に感謝しながら、カルディアはゆっくりと目を開ける。

身体の上にのっかっているオルテウスを抱き締め「おはよう」とキスをするのが朝の日課だったのだが——伸ばした手に触れたのは、鱗に覆われた冷たい肌ではなかった。

「頬もいいが、どうせ撫でるなら顎《あご》の下を頼む」

聞き覚えのない男の声がして、はっと我に返る。

中途半端に伸ばされたカルディアの手を掴み、自分の顎に押し当てているのは意識を失う前に見たあの男だった。

男はもう片方の手でローズマリーを持ち、カルディアの鼻先で揺らしている。

「だ……誰……ですか」

「強いて言うならお前の王子様かな」

「そ、そんなキザなことを言う王子様の知り合いはいません……」

「しまった……。お前が好きなのは、こういう方向じゃなかったか」

「ほ、ほうこう?」

「昔、この手のくっさい台詞を吐く男が出てくる絵本ばかり読んでたろ? だからてっきりこういうのが好みかと思ってたんだがな」

「な、何でそんなことを知ってるんですか」

「お前のことなら何でも知ってるぞ」

言葉と共に向けられた微笑みにドギマギしながら、カルディアは男の逞しい首に巻き付いた首輪の存在に気づく。

同時に、昨晩の祭壇での記憶が勢いよく蘇り、情けない悲鳴を上げて手で顔を覆った。

「あれは……あれは夢なのに……」

もしくは、昨日新薬を作るために食べた新種のキノコが見せた幻覚に違いないと、カルディアはブツブツ繰り返す。

「どうしよう、あんなキノコを食べたせいで……」

「確かに、お前はしょっちゅうヤバいキノコや毒草をかじって頭が変になるが、今回ばかりはまともだ」

「幻覚が……幻覚が喋ってる」

「幻覚じゃねえよ」

言いながら、男はカルディアの手を摑み自分の胸元へ押し当てる。

手のひらから伝わる温もりも、厚い胸板の感触も、幻覚とは思えぬほどはっきりしていたが、それでもまだ現実だと受け入れられない。それに寝起きのせいか、上手く考えも整理できない。

「うう、頭がはっきりする飲み物が欲しい」

「そうだろう、用意しといたぞ」

ぼんやりするカルディアの手に、温かいカップがのせられる。

「お前の大好きなミントティーだ。蜂蜜《はちみつ》入り」

「あ、ありがとう」

朝が弱いカルディアは毎朝こうしてオルテウスにミントティーを淹れてもらうのが常で、いつもの癖《くせ》でお茶を受け取り一口飲む。

鼻から抜ける澄んだ香りが脳を刺激し、ようやく頭がシャキッとしてきた。

「あと、気持ちを落ち着けたいときはこれだろ」

「あっ、ラベンダー……」

「はい、深呼吸深呼吸」

言われるがまま息を吸いながら、カルディアははっとする。

(このタイミングの良さ……まさか、本当に……)

カルディアの心や体調が乱れるたびに落ち着かせるのは、彼女の相棒であるオルテウスの仕事だった。

母から受け継いだ調薬の技術と薬草好きがこうじて薬師になれたはいいが、何かに夢中になると周りが見えなくなる性質《たち》のせいで、カルディアは様々な場面で失敗をしがちだ。

研究に没頭しすぎてすぐ怪我をしたり、人を見る目がなさすぎて商売に失敗するのをフォローしてくれるのが、オルテウスという竜だった。

「そろそろ信じる気になってきたか？」

「本当に、あの、あなた……なの？」

「ああ。お前の可愛い可愛い相棒だ」

「か、可愛いとは大分違う姿なんだけど」

「その分いい男だろう？」

にやりと笑う顔には竜のときの面影はまったくないが、彼の首輪はどう見てもカルディアのお手製だ。

魔女だけが製法を知っている特別な白銀でこしらえた首輪は、儀式のために作ったものに間違いなかった。

「でも私、てっきり……」

「もっと不細工な男になると思ってたんだろ」

「それに、もっと幼いかと……」

おずおずと見上げたオルテウスの顔は、竜であった頃とあまりに違いすぎて戸惑ってしまう。

今は服を着ているものの、彼の赤い瞳に見つめられると落ち着かない気持ちになるのだ。

彼の顔立ちと眼差しはどちらかと言えば鋭く、野生の獣を思わせる獰猛《どうもう》さが潜んでいる。

なのにカルディアと視線が合った瞬間、危険な雰囲気はなりを潜め、甘く大人びた色香が現れる。

表情が甘く切り替わった瞬間、なぜだかカルディアの鼓動は乱れ、顔が熱くなっていく。未だかつてない身体の反応に戸惑っていると、オルテウスは少し得意げに胸を張った。

「可愛いお前に相応しくなりたくて、頑張ったんだぞ」

「が、頑張れば、姿形は変えられるものなの？」

「まあ多少は」

「じゃあ頑張らなければもっと不細工になれる？」

「この姿が気にいらねえのか？」

オルテウスは拗《す》ねたような顔をして、自身の顔をカルディアへとぐっと近づける。

「ご、ごめんなさい……。でも私、男の人が苦手で……」

「俺は男の人じゃなくて雄だ」

「い、今は人の姿だから……」

「だが俺は竜だ。それにどんな姿でも俺を愛すると、お前は繰り返し言ってくれていただろう？」

オルテウスの言葉に、カルディアははっと口をつぐむ。

(確かに今のオルの姿を否定することは、彼をあざ笑った他の魔女たちと変わらないわ)

たとえ苦手な姿でも、それがオルテウスならば受け入れるべきだろう。

それに彼はカルディアのために儀式に及び、人の姿になってくれたのだ。なのにあろうことか失神してしまうなんて。今更申し訳なさがこみ上げてくる。

「……ごめんなさい、私ひどいこと言っちゃった」

「気にしちゃいねえよ。それに、お前の嫌そうな顔も嫌いじゃねえしな」

「へ？」

「デレッデレなお前に溺愛されるのも好きだったけど、俺の容姿に戸惑ったり、逃げ出しそうな顔を見るのも悪くねえ」

「ほ、本気で言ってる……？」

「俺はいつも本気だ。けどせっかくなら、いつもみたいに溺愛してくれよ。人型になったら、お前に首輪をつけられて、頬ずりされたりキスされるのが夢だったんだ」

「ま、待って……！　き、キス……!?」

「いつもしてくれてただろう」

言葉に詰まったのは、確かにしていたからだ。

天涯孤独《てんがいこどく》の身であったカルディアにとって、オルテウスは唯一の家族で、誰よりも大切な存在だった。それを彼にはしっかり示したくて、少々過剰な愛情表現もしていた気がする。

「朝起きるたび、お前にキスされて『今日も可愛いでちゅね！』と言われるのが好きだった」

「こ、言葉にされると恥ずかしいからやめて」

「恥ずかしがることはないだろ。お前の赤ちゃん言葉は可愛かったし、キスされたり頬ずりされるたび、ぐっときてた」

「ほ、本当に喜んでいたの？　実は嫌だったとか、そういうことはない？」

「嫌なわけねえだろう。むしろ今もしてほしい」

「む、無茶言わないで……！」

「何が無茶なんだ、頬ずりして『可愛いでちゅね』と言うだけだろう」

「か、可愛いって顔や身体じゃないのに……？」

今だって、カルディアの声真似をするたび違和感がすさまじいのだが、どうやら当人はまったく気にしていないらしい。

「じゃあキスは？」

「も、もっと無理……」

「試す前から断言するなよ。竜の姿のときより、ずっと柔らかいのは実証済みだろう？」

「な、何が？」

「ここが」

言うなり、カルディアの唇に柔らかなものが押し当てられる。突然のことに強張《こわば》る身体を抱き寄せられ、気がつけば地面に押し倒されていた。

「それにこうして、お前の身体に張り付くのも好きだった」

「……お、押し倒すの間違いだよ！」

つっこんでから、今更のように、昨夜、オルテウスに唇を奪われたことを思い出した。

自覚すると恥ずかしさで目眩《めまい》がし、身体がカッと熱くなる。

「は、初めてのキス……だったのに」

「もう何千回としただろう」

「今までは唇を合わせなかったわ」

「小さいが、竜にもちゃんと唇はあるぞ」

だとしても、今までのキスと人型のオルテウスとのキスはカルディアにとってまるで別物だった。

「それに、これからは毎日十回はしないと」

「ど、どうしてそんなに……!?」

「知らねえのか？　番になった魔女と竜はキスや特別な方法で魔力を渡し合うんだ」

オルテウスの情報は、初耳だった。

魔女と竜、そして番に関する知識は口伝によって新しい魔女に伝えられるのだが、一族のつまはじき者であるカルディアは、魔女に関する知識をあまり教えてもらえなかったのだ。

母の残してくれた覚え書きや自分で勉強して多少の知識はあるものの、実を言えば番に関しての情報は乏しく、今回の儀式も見よう見まねだったのである。

だからどのタイミングで竜が人になるのかも知らなかったし、その容姿が竜のときとがらりと変わることも知らなかった。

「あの、特別な方法って……？」

「察しろ」

言いながら、オルテウスの指がカルディアの唇を撫でる。

人の姿をしてはいるが、竜である彼の爪は通常の人より少し鋭い。

その爪でカルディアを傷つけないよう気遣っているのか、唇を撫でる手つきには慈しみが溢れていた。

こうされていると、竜だった頃のオルテウスに小さな手や尾で頬を撫でられたときのことを思い出して、身体から自然と力が抜けていく。

竜と人間でまったく容姿は違うが、オルテウスとは十年近く一緒にいて、触れあってきた。そのため、どんなに心が戸惑っていても、身体は勝手にオルテウスの温もりに安心してしまうのだろう。

「番は心を重ねて永遠の契《ちぎ》りを交わす。そして番となったあとは身体の色々な場所を繋げて魔力を移す」

「い、色々……？　それは……手とかでは駄目なの？」

「手では受け渡せる量が少ない。だから唇や、他のものを使って深く繋がるんだ」

他のものが何であるかはわからないが、尋ねるのは少し恐ろしい気がする。

(でももし、ここで繋がるのを拒んだら……オルはいなくなってしまうのかな)

竜が魔女と絆を結ぶのは魔力を得るためで、オルテウスだって例外ではない。

カルディアはそれをわかっていたし、彼が望むものは何でも差し出す覚悟を一度は決めたはずだ。

（もうひとりぼっちは嫌だもの……。それに、見た目は変わってしまったけどオルとなら）

カルディアが与えられる魔力の量はとても少ないのに、彼は自分に尽くしてくれた。

母を失ったカルディアの心のよりどころとなり、身支度から食事の用意、洗濯や掃除に至るまで、彼がカルディアにしてくれた奉仕は数え切れない。

その恩を返すためにも、カルディアはオルテウスと番になると決めたのだ。不器用であるがゆえに万年貧乏なカルディアにとって、差し出せるのは魔力だけだから。

「わかった。オルが望むなら、私頑張る」

「じゃあさっそく」

「ま、待って……さっそく!?」

「せっかくベッドの上にいるんだ、都合がいいだろう？」

オルテウスの言葉で、カルディアは今更のようにそこがいつものテントではないことに気がついた。

森に行くときは野宿用のテントで寝泊まりしているのだが、それが影も形もない。

「……ここは、どこ!?」

「今日のために用意した俺たちの巣だ」

オルテウスは巣と言うが、どう見ても立派な寝室だ。

カルディアが寝かされていたのは四柱式の天蓋付きのベッドで、部屋には他にも暖炉やソファや書き物机など、見るからに豪華そうな調度品が並んでいる。

「ふ、不法侵入?」

「人の話を聞け」

「だってこんな部屋に泊まるお金なんてないし」

「宿じゃなくて巣だって言ってるだろ」

そう言うと、オルテウスはどこか名残惜《なごりお》しそうな顔でカルディアから僅かに遠ざかる。

「これは全て『竜の贈り物』だ」

「何……それ?」

「他の魔女から教わっただろう。竜は番にしてもらった礼に、魔女に自分の持ち物を全て捧げると」

「じゃあこの家もベッドもオルのものなの?」

「ああ。あとこれも」

言うと同時に、カルディアの右手首に小さな腕輪がはめられる。オルテウスの首輪と対になっているデザインを見て、先輩の魔女たちから教えられた番についての知識をようやく思い出す。

番になった魔女と竜は一心同体。身体が別々でもその魂は混ざり合っていて、一定以上遠くに離れることができなくなる。

そのため竜は特別な首輪を、魔女は特別な腕輪をそれぞれつけるのだ。

それは契約の証であり、二人の身を守るためのものだと言われていた気がする。

「ずっと、お前にこれをつけたかった」

不敵な笑みを浮かべながら、オルテウスが首輪にはまった宝石を撫でる。

その途端、二人の間に閃光が弾けた。突然のことに瞬きを繰り返していると、腕輪をしている方の手が重くなる。

何事かと視線を下げると、腕輪に見覚えのない鎖が出現していた。そしてその鎖のもう片方の端は、オルテウスの首輪へと繋がっている。

「な……何これ」

「番を離れなくさせる魔法の鎖だ。まあ今は少し短めにしているが」

言うなり、オルテウスは鎖をたぐり寄せる。鎖は三メートルほどの長さだったが、強く引かれれば身体は自然とオルテウスへと近づいていく。

「ようやく夢が叶った。お前と鎖で繋がれる日をずっと待っていたんだ」

「そ、その言い方はなんだかちょっと危ない発言に聞こえる……」

「安心しろ。健全なる愛情から生まれた願望だ」

オルテウスはそう言うが、鎖付きの首輪をつけた壮年の男性というのは、やっぱり怪しく見える。

それにオルテウスの纏っているシャツは、無駄に胸元が開いているのだ。

そこから見える鎖骨に鎖が擦れる様はひどく扇情的で、カルディアは思わず手で目を覆った。

「手を下ろせ、可愛い顔が見えない」

「だってあなたの危ない姿が目に入ってしまうし」

「危ないとは何だ」

「鎖に繋がれて喜ぶなんて、すっごく危ない人っぽい」

「他の竜と魔女たちだって、首輪と腕輪で繋がっているだろう」

確かに鎖で繋がったまま外を歩く番を見たことはあるが、竜の方は皆本来の姿だった。

「竜の姿のときならともかく、人の姿のときに鎖を出すのはちょっと……」

「二人きりのときは、皆人の姿でもこうしているはずだ」

鎖を腕に巻き付けながら、オルテウスはカルディアとの距離をもう一度縮める。

重さや苦しさはないが、ゆっくりとのし掛かってくる彼の巨体は圧迫感がすさまじく、思わず悲鳴を上げかける。

「さっきは頑張ると言ってくれただろ」

「が、頑張りたいんだけど……肉の壁が厚すぎて」

「もうちょっと色気のあるたとえはねえのか」

「無茶言わないで」

だってとにかくオルテウスは大きいのだ。それを前にすると嫌でも身が竦んでしまう。

(大きいのは……やっぱり怖い……)

「おい、そんなに全身で嫌がらなくてもいいだろう……」

さすがに傷つくぞと言われて、カルディアは申し訳ない気持ちになる。だがどうやっても、身体は竦むし震えてしまうのだ。

正直、自分でもこんなに恐怖を覚えるとは思わず、少し戸惑う。

そんな彼女を見かねたように、オルテウスはゆっくりと身を引いた。

「安心しろ、お前が嫌なら……噛みついたりはしねえよ」

「それはわかってるの」

ただそれでも、身体の震えが止まらない。

（やっぱりこれって……、あのときのことが原因なのかな？）

自分の身体の変調の原因に、カルディアはひとつだけ心当たりがあった。

「オルが怖いんじゃないの。昔、大きな竜に噛まれたことがあって……」

カルディアは幼かったのであまり覚えていないが、彼女の腕には牙に貫かれた痕がある。

「大きなものとか、牙が苦手なのはたぶんそのせいなの。だから本当に、オルが怖いわけじゃないの」

漠然とした恐怖が残り、今も無意識に恐れてしまうのだと告げると、オルテウスが宥《なだ》めるようにカルディアの頭を撫でる。

「わかってるから大丈夫だ。お前の嫌いなものや怖いものは全部知ってる」

優しく手を動かしながら、オルテウスは少し困ったように笑った。

「……だから実を言うと、少し人になるのが怖かった。俺はデカいし、顔も厳ついし、興奮すると竜の本性も出ちまうから……」

尻すぼみになっていく声は、凛々しい顔からは想像がつかないほど弱々しい。それを見ているとひどく申し訳ないことをしている気持ちになるが、オルテウスは突然「よし」と気合いを入れた。

「十年待ったんだ、お前が慣れるまで根気よく待つさ」

そう言ってオルテウスは笑ってくれたけれど、その表情はどこか寂しげで辛そうだった。

(私がオルにこんな顔……させてるんだ……)

そう思うとたまらなくて、どうにかしたくて、カルディアの手は自然とオルテウスの頬へと伸びる。

それから顔を近づけ、オルテウスの唇をそっと奪う。

触れるだけのキスはあっという間に終わってしまったけれど、それでもカルディアの心臓は早鐘を打つように震え、顔も真っ赤になってしまう。

「今はこれが精一杯で……ごめんね……」

でも少しは魔力を移せただろうかと尋ねようとしたが、すぐにその言葉ごと唇を奪われる。

最初のキスとは違う荒々しい口づけはあまりに衝撃的だった。それは人になったオルテウスを見たときと同じくらいの驚きで、彼女はくらりとよろめく。

「キスも駄目なのか……!」

驚いたような声が聞こえた気もしたが、その言葉の意味を捉える間もなく、カルディアは再び意識を失っていた。

＊＊＊

意識を失った小さな魔女を眺めながら、オルテウスはその身体にそっと毛布を掛ける。

「き、キス……が……キスが……」

などと呻いているカルディアの側にしゃがみ込み、反省の意を示すように彼女の腕に頭を押しつけた。

「悪い……ほんとすまねえ……」

カルディアはそこで薄く目を開け、僅かに身じろぎしながら、伏したオルテウスの頭を撫でてくれる。

「いい、よ……。でも……次はもっと……優しく……」

そこでもう一度意識を失い、カルディアは動かなくなる。

(優しく……か)

そうしたい気持ちはあったのだと思いつつ、オルテウスは眠るカルディアの顔をじっと見つめる。

(それが一番、難しいんだよな……)

自らの番となったカルディアの側に静かに横たわりながら、首にはまっている白銀の輪を撫でる。

その指先が首輪の中央にある宝石を撫でると、小さな音を立てて、オルテウスの首輪とカルディアの腕輪を繋ぐように白銀色の鎖が出現した。

現れた鎖を手に絡めながら、オルテウスは眠るカルディアの髪に触れる。

この十年、オルテウスは毎晩こうして彼女の側に寄り添ってきた。

だが手を出したことは一度もない。

カルディアは小さなオルテウスを愛していた。けれど人の姿の、大きなオルテウスを受け入れるのにはきっと時間がかかる。むしろ受け入れてもらえない可能性があるとわかっていたから、彼は番という永遠の絆を得るまで自分の本来の姿と気持ちを隠し続けてきたのだ。

「だが、もう隠せねえ。……いや、隠さねえ」

腕に食い込む鎖の感触に笑みをこぼしながら、オルテウスは彼女の細い首筋に目を落とす。

そこに食らいつきたい衝動を堪えながら、鎖を引き寄せカルディアの右手を持ち上げた。

「身も心も全部俺のものにしてやるから、覚悟しとけよ」

彼は鎖を握りしめ、明日からの幸せな日々に期待を膨らませながら、楽しげに微笑んだのだった。

第二章

オルテウスが『巣』と称したその場所は、森の中に立つ大きな館だった。

カルディアがそのことを知ったのは、番である彼とキスをした翌朝のことである。

大国オルニアの王都の北西にあるその森は、常に霧の漂う陰鬱《いんうつ》な場所だ。だがその霧にはほんの少しだけ魔力が含まれているらしく、魔女が扱う特別な薬草やハーブがよく育つ。

その森の奥、小さな湖畔《こはん》沿いの館に、オルテウスはいつの間にか『巣作り』をしていたらしい。

「朽ちていた古い館を改装したんだ。まだ手つかずの場所もあるが、お前がこの場所を気に入ったのなら中庭に温室や畑も作ろうと思う」

屋敷を案内しながら微笑むオルテウスの言葉に、カルディアが一も二もなく賛成したのは言うまでもない。

立派すぎる屋敷には少し臆したけれど、オルテウスと共に一所《ひとところ》に居を構えるのはずっと夢見てきたことだ。

カルディアが扱う薬は、特殊な環境で育つ薬草を用いることが多く、一年の多くは材料探しに費やされる。

魔力や温度などを管理できる温室でもあれば別だが、それらを持たなかったカルディアは薬草が生える土地にあちこち出向き採取する他なかった。

山歩きが得意なので苦ではなかったが、一所に落ち着けない生活には不便さも多い。薬の取引先を上手く開拓することができず、客がついたとしても、材料がないのでなかなか薬が卸せないという状況を少し歯がゆく思っていたのだ。

だがこの場所に居を構え、薬草を育てることができればその問題は解決するだろう。森の奥とはいえ、オルニアの首都は目と鼻の先だ。首都には薬の卸先《おろしさき》も多いだろうし、モラグ大陸全土へ通じる街道が整備されているため、顧客のもとへ薬を届けるのもずっと楽になるだろう。

「それにしても、こんな素敵な場所、どうやって見つけたの？」

屋敷を案内されたあと、オルテウスと共に朝食をとっていたカルディアは思わず尋ねた。

この朝食も、屋敷と同様彼が用意したものだ。竜である頃から食事は彼が作ってくれていたが、今まで以上に内容が豪華である。

温かな豆のシチューにふわふわのパン。燻製《くんせい》肉、チーズ、果物までもが用意され、食後にはケーキもあるとオルテウスは笑っていた。

そんな豪華な食卓もまた、カルディアには疑問の種だった。

「それに、ここまでどうやって私を運んだの？　儀式の祭壇がある森は、オルニア国の外れよね？　そもそも今日は何日？　儀式の日から、本当に一日しか経っていないの？」

　気になることがあると矢継ぎ早に質問を重ねてしまうのはカルディアの癖だ。大半の人はこの勢いに戦くが、オルテウスは慣れた様子で「まあ待て」と彼女の口にパンを押し込んだ。

「この場所を見つけたのは、以前お前と薬草をとりに来たときだ。番になったあとの巣に最適だと思い、こっそり買い取って修繕していた」

「そもそもその買い取ったお金は？」

「俺の持っていた金だ。お前と出会う前から、いざというときのために貯蓄していた」

「……ふと思ったんだけど、オルって何歳？　生まれたての子竜だと思っていたけど、その顔は絶対違うわよね」

「こう見えても十歳だ」

「無茶言わないで」

　オルテウスの真面目顔につっこめば、彼は自分の頬を手で撫でながら考え込む。

「じゃあ二十歳にしておくか」

「それも相当無理があると思う」

「なら十七で」

「三十七の間違いだよね」

「さすがにそれはおっさんすぎるだろう」

オルテウスはむくれたが、その顔でカルディアと同い年なんて図々しすぎる。

「そろそろ本当の歳を教えてよ」

「正直に言うと覚えていないんだ」

「覚えていないほど、実は長生きだってこと？」

竜は人より何百年も長く生きるため、自分の年齢や生まれた場所を覚えていない者も多い。だからオルテウスもそうなのかと思っていると、彼は困ったように首を横に振った。

「本当に覚えていないんだ。お前と出会うより前のことは何も」

「それって、もしかして記憶喪失ってやつ？」

「ああ。名前も歳も素性もわからず、当てもなくフラフラ生きているときにお前と出会ったんだ」

言いながら、オルテウスは長い指でカルディアの頬を撫でる。

「会った瞬間、お前は俺の魔女だと思った。だからずっと側にいた」

「不安とかはないの？　自分のことを知りたいとは思わない？」

「俺にはお前と、お前がくれたオルテウスという名前がある」

それだけで十分だと告げる彼の顔には迷いがない。

けれど、もし本当に記憶を失っているのだとしたら、彼はもう少し自分の素性を調べた方が良いのではないだろうか。

「今もどこかで、家族が待っているかもしれないのに」

「俺の家族はお前だけだ。それにたぶん、天涯孤独だった気がする」

「はっきり言い切るけど、本当に記憶喪失なの？」

「ああ。俺の中にあるのはお前との思い出とお前への愛おしさだけだ」

そこで甘く微笑まれ、カルディアは飲もうとしていた果汁を噴き出しかける。

（……やっぱり、今のオルは……変だわ）

昔はこんな顔もしなかったし艶を帯びた声も出さなかったのにと、あの小さくてのっぺりした顔を懐かしく思い出す。

「昔の可愛かったオルが懐かしい……」

「俺は今も可愛いだろうが」

「その顔で言われても」

「お前こそ、俺が人になってからちっとも甘い顔をしてくれないな。まあつれないお前も、愛おしいが」

「そ、そんなこと言われて、ニコニコなんてできないわ」

可愛いとか愛おしいとか、あまりに簡単に言う彼はふざけているようにしか思えない。

その上彼の台詞はどれもカルディアをドキドキさせるから、それをやめさせたくて強めの言葉を返す羽目になるのだ。

「ああ、お前のむっとした顔は本当に可愛い。その顔でなじられながら、躾《しつ》けられたい」

言いながら勝手に鎖を出現させ、それをカルディアの手に握らせる。

「それで俺を縛っても良いからな」

「待って、会話の流れがおかしくなってるわ」

慌てて鎖を手放すと、わかりやすくがっかりした顔をされた。

「もしかしてオル、記憶と一緒に常識とか理性までなくしたんじゃない？」

「安心しろ。一般常識はお前よりある」

「全然説得力がないわ……」

「それは追い追い証明してやろう。こう見えても、俺は知的な男だ」

楽しげな顔からは知性は感じられなかったが、カルディアはつっこむ気力もなくなっていた。

(私、オルと番になったの早まったかしら)

知らなかった彼の一面を見るたび、そんな考えが頭をよぎる。

(なんだかちょっと変態くさいし、全然真面目じゃないし、変態くさいし……)

などと考えながら、楽しげなオルテウスを窺う。するとカルディアの視線に気づき、にやりと微笑んだ。

彼は側にあった葡萄《ぶどう》をもぎ、カルディアの唇をくすぐるように押し当ててくる。

(でもこうやってアーンさせたがるのは、いつもと一緒ね)

彼は昔から、何かにつけてカルディアの世話を焼きたがる。竜のときは魔法や尾を使っていたけれど、こうして自ら食べさせたがるのはいつものことだ。

「ほら、口を開けろ」

今までは『ぐべぇ』だった声の意味がわかると無性に恥ずかしい。けれど、有無を言わさぬ迫力に負けてカルディアは口を開く。

葡萄を受け入れると、オルテウスの顔が幸せそうにほころんだ。柔らかく細められた目は竜のときの面影があり、それを見ていると恥ずかしさは少し和らぐ。

オルテウスはカルディアに甘いが、カルディアもまた彼に甘いのだ。だからついつい、彼の望むままにさせてしまう。

「美味《うま》いか？」

「うん。オルも食べる？」

「俺は葡萄よりお前を食べたい」

果汁で濡れた手でカルディアの唇を撫で、オルテウスがぐっと身を乗り出してくる。

予想外の言葉と動きに戸惑い、カルディアは慌てて身を引こうとするが遅すぎた。

「なぜ逃げる」

逞しい腕に捕らわれ、不満げな声と共に唇を啄《ついば》まれる。

「オ、オルが変なこと言うから……」

「どこが変なんだ、いつも言ってることだろう」

「い、いつも……？」

『ぐべぇ』にしか聞こえなかったかもしれねえが、お前を餌付《えづ》けするたび、一言一句同じことを言っていたぞ」

その情報は知りたくなかったと、カルディアは羞恥《しゅうち》に身悶《みもだ》える。

「言葉にしないと俺の気持ちは伝わらねえだろ？　まあ、あの声のせいで八割方伝わってなかったようだが」

八割どころかまったく伝わってなかったが、それを言ったら過度なスキンシップをされたり甘い言葉を畳《たた》みかけられそうなので指摘するのは控えた。

「別に言葉にしなくても、オルが私を好きで甘やかしたいのはわかってるわ」

「本当か？」

どこか疑わしそうに目を細め、オルテウスはカルディアの頬を撫でる。

「どうも、俺の愛情がしっかり伝わってる気がしねえ」

「伝わってるわ。だから私も、オルが大好きよ」

「でも俺の言葉や腕からすぐ逃げようとするだろ」

「だって私、大きい男の人は苦手で……」

「それだけか？　俺のことは本当に好きか？」

「もちろんよ。だからこそ、大きなあなたの側にいられるんじゃない」

これがオルテウスでなかったら、葡萄を差し出された時点で失神している。

「大丈夫、私はちゃんとオルが好きよ」

「ならいい」

オルテウスはカルディアを軽々と抱き上げて膝の上にのせる。

カルディアの身体をぎゅっと抱き締める姿は、ぬいぐるみに甘える子供のようで少し微笑ましい。

「オルは、人の姿になってもくっつくのが好きね」

「あと、頭を撫でられるのも好きだぞ！」

外見にそぐわぬ可愛らしいおねだりに苦笑しつつ、カルディアはオルテウスの頭に手を添える。

黒い髪は艶やかで心地よいほど柔らかい。そこに指を差し入れながらゆっくりと手を動かすと、オルテウスが瞼《まぶた》を閉じる。

その顔を見ていると、カルディアはほんの少し落ち着かない気持ちになった。

（こうして見ると、オルって本当に格好いいのね。彼を連れて街を歩いたら、騒ぎになってしまいそうだわ）

女の子たちが放っておかない容姿だし、人前に出るときは『番』の証である鎖で竜を繋いでおくというのが魔女の掟《おきて》だ。

魔女が少なくなった昨今、独り者の魔女は竜たちにとって貴重な存在で、時には取り合いになることもある。そんな無用な争いを避けるため、番の証明である鎖でお互いを繋ぐことが決まりとなっていた。

魔力が低いカルディアを求めるような竜はそうそういないと思うけれど、それでも外出時は彼に鎖をつけなければならないだろう。

（竜の姿ならともかく、絶対目立つわよね……）

その際は何が何でも竜の姿に戻ってもらわなければと考えていると、そこでぱちりとオルテウスの目が開いた。

いつになく鋭い視線にドキリと身体を震わせると、カルディアを抱く腕の力が強くなる。

「お、オル……？」

「静かに」

何かを警戒するようにあたりに目配せをしながら、オルテウスがカルディアを素早く抱きかかえる。

慌てて太い首筋にしがみつくと、オルテウスは突然椅子を蹴って立ち上がり、壁際まで跳んだ。

人ならざる跳躍力にカルディアが息を呑んだ直後、窓の外を巨大な影が横切り、続いて激しい地響きが屋敷を揺らす。

カルディアを守るようにオルテウスが身構えたのと、竜の咆哮《ほうこう》が響き食堂の壁が突然崩れ落ちたのはほぼ同時だった。

舞い上がる土埃《つちぼこり》から守るようにカルディアを抱え込んだオルテウスの腕の中から辺りを窺えば、抉られた壁の向こうに大きな影が見えた。

その恐ろしさに震えていると、影がゆっくりとその姿を変えていく。

「……ようやく、見つけました」

屋敷の大きさに合わせるように、影は人の姿へと変わった。聞こえてきた声も、青年のものへと変化していく。

「ああ……ようやく……ようやく我が王に会えた……」

粉塵《ふんじん》の向こうから現れたのは、目を見張るほど美しい顔を持つ青年だった。

しかし人ではない。人とよく似た姿をしているが、青年は立派な角と翼を有し、肌の一部は鱗で覆われている。

（あの人……竜だ……）

人の姿をした竜は見かけたことがあるため、カルディアも彼の正体にはすぐに気がついた。

人の数が増え、彼らに合わせた都市が作られるようになるにつれ、竜はその巨体を小さくする術を学び、今や多くの竜は人に似た姿で暮らしている。

だが彼らは決して完全な人間にはならない。『常に竜の誇りを失うべからず』という戒律のもと、その身に竜の面影を残すのだ。

先ほどはよく見えなかったが、たぶん青年は美しい赤銅《しゃくどう》色の竜なのだろう。浅黒い肌と燃えるような赤い髪、そして美しい琥珀色の瞳はオルテウスとはまた違った精悍さと美しさを持っている。

「お迎えが遅くなってしまい大変申し訳ございません。ですがこのハイン、オルテウス様を想い、今日までずっと御身のご無事を信じておりました」

ハインと名乗ったその竜は、身に纏う立派な衣を翻《ひるがえ》してその場に膝を突く。

仰々《ぎょうぎょう》しい仕草に驚きながら、カルディアはおずおずとオルテウスの襟を引く。

「こ、この方はオルの知り合い？」

「いや、知らん」

カルディアの質問にかぶるほどの勢いで、オルテウスは即答する。

その途端、ハインが目に涙をたたえながらばっと顔を上げた。

「この私を……あなたの右腕であった私をお忘れになったというのですか!?」

「ああ、まったくもって覚えがねえ」

「この私ですよ！　幼少の頃にあなた様に拾われ、以来ずっと仕え、朝も昼も晩もあなたのお側にいた私ですよ！」

「だから知らねえし、それが本当ならお前ちょっと病的じゃないか？」

「その台詞、今より六十二年と三ヶ月と二日前にもおっしゃいましたね！」

「やっぱり病気だな」

オルテウスが呆れたように言うと、ハインの目からぽろぽろと涙がこぼれる。その様はあまりにかわいそうで、カルディアはオルテウスの肩を軽く叩いた。

「この人、本当にオルが記憶を失う前の知り合いなんじゃないかしら」

「かもな」

「だったら、そんなにそっけなくしないで話を聞いてあげようよ。そうしたら、昔のことだって思い出せるかもしれないし」

カルディアは提案したが、オルテウスは乗り気ではないらしい。

「別に思い出したくもねえし、家の壁を破壊して乗り込んでくる奴の話なんぞ聞きたくもねえ」

むしろオルテウスは、せっかくの巣を壊されて腹を立てているようだ。

それにしても少々つんけんしすぎじゃないかと思い、仕方なく自分が間をとりもとうとカルディアは決める。

だがオルテウスからハインに目を戻した瞬間、憎悪の籠もった視線と正面からぶつかった。

「先ほどから聞いていれば、オルテウス様に対してずいぶん無礼ですね。あなたはいったい何様のつもりですか？」

視線だけでなく言葉の端々からも怒気を感じ、カルディアは戦く。その途端、オルテウスもその双眸に怒りをたたえた。

初めて見る険しい表情に、カルディアとハインは同時に息を呑む。整った顔立ちを怒りで歪ませる様子はあまりに恐ろしい。

「テメエこそ何様だ、俺の魔女を愚弄するなら容赦しねえぞ」

「魔女……？　今、魔女とおっしゃったのですか……!?」

「ああ。彼女は俺の番だ」

「番!? 竜王であるあなた様が、こんな貧相な魔女と番になったというのですか!?」

ハインは信じられないという顔をするが、カルディアは彼以上に驚いた。

「りゅ、竜王……!? 待って、竜王ってオルが……?」

「まさか知らずに番になったのですか!? そのお方はこの世界で最も強く、最も偉大な竜王『オルテウス＝カル＝エルラシウス』様なのですよ！」

ハインの口から告げられたその名は、カルディアが相棒につけた名前の由来となった王のものだった。

「でもあの、オルテウス様はずいぶん前に亡くなったと……」

「そう言われていますが、彼の死を看取った者はおりません。竜のみがかかる死病を患ったオルテウス様は、病を広げぬよう民の前から姿を消し、発見されたのは腐《くさ》り果てた身体の一部だけだったのです」

「一部……。じゃあ、本当にこのオルが……？」

「オルなどと気安く呼ぶのではありません！」

ハインの苛立ちと、つい先ほど昔の記憶がないと言っていたオルテウスの言葉が重なり、カルディアは慌ててオルテウスの腕から抜け出す。

だがそんな彼女を、オルテウスはすぐさま捕らえ直した。

「お前は、こんな訳のわからん男の言うことを信じるのか？」

「だって……」

「何の前触れもなく現れた男だぞ」

「でも彼の言うことが本当なら、壁を壊してでも飛び込んで来る気持ちはわかるもの」

オルテウスが竜王であるなら、腹心であるハインが慌ててやってくるのも無理はない。

だって竜王オルテウスは、この大陸に住む生き物なら誰もが知っているほど偉大な存在なのだ。

竜からも人からも尊敬され、今も神のように崇拝されている。

(そういえばオルの顔って、教会で見たオルテウス様の銅像にどこか似てる……)

竜王オルテウスの死後、彼を信仰の礎とする『聖竜教会』は大陸全土に広がり、世界各地に教会が建てられた。そこには必ず竜王の像が安置されているのだが、その面立ちはどれも目の前のオルテウスに似ていた気がする。

「どうしよう……。私……竜王様と番に……」

「この世の終わりみたいな顔すんじゃねぇよ！　俺が竜王とか絶対ありえんだろ！」

「あり得ないなんて言い切れないわよ。だってオル、記憶がないんでしょう？」

「俺は、お前の肩にのるほど小さな竜だぞ？」

「もし病気にかかっていたなら、姿が小さくなるのもわかるわ。竜の死病と言えば『腐竜《ふりゅう》病』に違いないし」

「……なんだよ、その腐竜病ってのは」

「昔、母がその病について研究していたの。身体の一部が腐って壊死してしまう病で、たいていの場合は内臓が腐って死んでしまうけれど、生命力が強い竜は腐った身体の一部をあえて切り離して生きながらえることができるって……」

もちろんそんなことが可能なのは、ほんの一握りの竜だ。

竜は人より治癒力が強く、心臓さえ砕《くだ》かれなければ腕や足を失っても再生することができるが、腐竜となってしまったらその力を上手く発現できない。

だがもしもオルテウスが本物の竜王だとしたら、病に打ち勝つ生命力を備えていても不思議はない。

「竜王は魔力があったっていうし、生命を維持するためにその姿をあえて小さくしていたのかもしれないわ」

「だとしても、俺には竜王の威厳なんて欠片もねえぞ？　お前によしよしされるのが三度の飯より好きだし、あわよくば鎖で縛られたいと思う王なんているかよ」

「きっと、私と出会う前に強く頭を打ったのよ。それできっと、記憶と一緒に常識も失ってしまったのよ」

相当打ち所が悪かったに違いないと言うと、話を聞いていたハインが僅かに怒りを収める。

「なるほど、だからかつてとは別人のような振る舞いなのですね。威厳も気高さも失い、その上こんな魔女にまで執着するなんておかわいそうに……」

「俺はともかく、俺の魔女を愚弄するなら殺すぞ」

冗談ではなく本気でハインに飛びかかりそうなオルテウスを、カルディアは慌てて止める。

「あなたの大事なお友達だったかもしれないのに、そんなことしちゃ駄目よ」

「俺の勘が、こいつは絶対に友達じゃねえと言っている」

「そんな……私はこんなにもあなた様を想っているのに……！」

「雄のくせにすぐ泣くし、この愛情の重さは正直気持ち悪い」

オルテウスの言葉にハインは再びぶわっと泣きだし、その身体に縋りついた。

まるで抱き合うように密着する二人を見た途端、なぜだかカルディアの胸が不快にざわめく。

同時に、ああやって触れて良いのは自分だけなのにとうっかり思ってしまったから、カルディアははっと我に返った。

(いや、別にオルが誰とくっつこうと私には関係ないじゃない……。それもハインさんは綺麗だけど、男の人だし……)

今までだって木や壁やリンゴなんかによくくっついていたじゃないと自分に言い聞かせ、頭に浮かんだ考えを排除する。

それから気を取り直し、カルディアは小さく呟き込んだ。

「と、とにかく話を聞いてみましょうよ」

「嫌だ」

「どうしてそんなに嫌がるの？　自分が誰かわからないままじゃ不安でしょう？」

「俺はお前がいればいいし、それに……」

不安げな表情で、オルテウスがカルディアをじっと見つめる。

「俺がもし本当に竜王だったら、お前は俺を好きじゃなくなる気がする」

「そんなことないわ」

「さっきだって、俺から離れようとしただろ。ようやく番になれたのに、お前の心が離れるのは嫌だ」

回された腕からは、オルテウスの強い不安が伝わってくる。

「お前は大きなものにすぐ怯える。だからもし俺が竜王だったら、絶対逃げるだろ」

「そ、そんなことないわ」

「……なら、誓えるか？」

問いかけに、カルディアは躊躇《ためら》いながらも頷いた。

彼の言う通り、もしオルテウスが本物の竜王だったら、こうして触れることにも躊躇いが生まれるのは間違いない。

でももし誓わなければ、オルテウスは今すぐにでもハインを追いだしてしまいそうだ。

（やっぱり、自分のことは知るべきよね……）

本当にオルテウスが竜王であるなら、きっと彼の帰りを待つ家族や家臣が沢山いるはずだ。

オルテウスとの再会を泣いて喜んでいるハインのように、オルテウスを失った悲しみをずっと抱いている者だって多いだろう。

だとしたら、このまま二人だけで暢気《のんき》に暮らすことなどできはしない。

（私がオルの家族だったら、絶対にもう一度会いたいって思うもの）

母を失ったときの悲しみや喪失感を思い出しながら、カルディアは頷く。

「誓うわ。それに、番となった魔女と竜は離れられないのだし、逃げようがないわ」

「だが、心は逃げられる」

「安心して、私の心はもうあなたのものよ」

たとえ本物の竜王だったとしても、カルディアの竜として生きた時間が消えるわけではない。

（むしろ問題なのは、もう離れられないことよ……）

長い時間をかけて育んだ関係は消えないし、番となった今、オルテウスはもうカルディアの半身になってしまった。

でもきっと、それをよく思わない者もいるだろう。オルテウス自身が、そのひとりになる可能性だってある。ハインの言葉が正しければ今のオルテウスと昔のオルテウスは別人のようだし、記憶を取り戻したあとも自分のような魔女を好きでいてくれるのだろうかと不安はつきない。

けれどそれを顔に出すことはできず、カルディアはオルテウスのためにと自分の気持ちを胸の奥深くにしまい込んだ。

＊＊＊

竜王オルテウス。

この大地に最初に降り立った始祖竜《しそりゅう》のうちの一体とされる彼は、人々や竜たちに愛されると同時に恐れられた王でもある。

太古の時代、竜は平穏よりも闘争を好み、力の強いものこそが最も尊く偉大だとされていた。

始祖竜たちはその存在を誇示するため、強大な魔法によって大地を抉り、天を割り、時に同族と殺しあったのだ。数多の血が流れ、その血が大いなる大河を作り、後に人々の暮らす都市の礎になったとされている。

多くの戦いが起こったせいで強き竜は死に絶え、次第に争いは落ち着いたが、竜であれば誰しもが強き力を渇望している。

その渇望と争いに溺れる竜たちを絶対的な力でひとつに束ねた王こそ竜王オルテウスであった。

その強さに魅了された竜と人の上に立ち、彼らと共に巨大国家オルニアを創ったオルテウスは、千年もの長い間国を治め王として君臨した。

絶対王者であるがゆえに彼の国では内乱など起こらず、他国からの侵略さえもたった一晩で鎮め、その偉大さと強靱《きょうじん》さは世界中に知られている。

「つまり竜王オルテウス様は最強にして絶対の王者なのです！」

『ぐべぇ』

「なのに気高き我が王が……我が王がなんとお労しい姿に……」

先ほどまで、ものすごい早口で王の尊さとその歴史をカルディアたちに語っていたハインが、またしても泣いている。

その眼差しの先にいるのは、「だから俺は竜王じゃねえ」と言い張り、竜の姿になっているオルテウスだ。

小さな姿を見るのは久々な気がして、カルディアはむしろほっとしてしまうけれど、ハインの方はオルテウスを見ていられず、天に祈りまで捧げている始末だ。

『ぐべっ』

「いえっ、あなたがなんと言おうと竜王様であることは間違いありません」

『ぐっべ』

「記憶がなくても今の容姿がひどくても関係ないのです！　あなたは我が王です！」

『ぐべぇ……』

何やら会話が成立していることに驚きつつ、カルディアの肩をよじよじとのぼってくるオルテウスの背中を撫でる。

この小さいオルテウスが竜王だなんて信じられないが、ハインの熱の籠もった説明を聞く限りでは、彼が嘘をついているようには思えない。

「そして私は、あなたの永遠の右腕！　王であるあなたを補佐し、お世話し、これからもそうする所存です」

高らかな宣言が部屋に響くと、オルテウスはうんざりした顔でずっとカルディアの服の下に隠れてしまう。

「なりません竜王様！　女性の服の下になど入っては！」

「あっ、いいんです。子供のときからずっとこうですから」

カルディアの言葉にハインは僅かに眉をひそめる。

「あなたは、ずいぶん前から陛下とご一緒に？」

「かれこれ十年ほどになります。彼が私を相棒に選んでくれてから、ずっと一緒で……」

「その魔力の少なさで……？」

オルテウスを気にして多少言葉遣いが柔らかくなったハインだが、言葉の端々からカルディアへの不信感と嫌みを感じる。

その手の反応には慣れっこなのでカルディアは気にしないが、服の下から顔を出したオルテウスは不満げだ。

「記憶を持たないのをいいことに、陛下をこき使っていたのではないのですか？」

「そんな……。そもそも、記憶がないのもついさっき知ったばかりなんです。このとおり、竜の姿のときは言葉が通じなくて」

「ではあなたは、素性も知らぬ竜と番になったのですか？」

端から見れば、カルディアの選択は奇妙に映るだろう。だがカルディアはオルテウスと番になることを一度として迷ったことはなかったのだ。少なくとも彼が人の姿になり、素性を話すまでは。

「言葉は通じなくても、彼とは心が通じ合っている気がしたし」

「思い違いも甚《はなは》だしいですね。この世で陛下と心が繋がっているのは私ひとりです」

『ぐべぇ！』

今もまた言葉はわからないけれど、ハインの言葉を激しく否定しているのは感じた。

そんな直感の積み重ねもあり、言葉が通じなくても二人はずっと仲良く暮らしてきたのだ。

とはいえ、やはり多少なりともオルテウスのことを知るべきだったのだろうかと悩んでいると、突然太い腕がカルディアを抱き締める。

はっと我に返ると、オルテウスが人の姿になりカルディアの背後に立っていた。

「カルディアを選んだのは俺の意思だ。そして俺たちは二度と離れない！」

「いや……あの……離れて！」

オルテウスの言葉にうっかり悲鳴交じりの声を返してしまったのは、立っていたオルテウスがまたしても全裸だったからである。

そういえば竜に戻るとき、服は足下に落ちていたなと思い出したが、まさか人間になるときに全裸になるとは思っていなかった。

「滅茶苦茶拒絶されてるじゃないですか。それにその格好は何ですか!!」

「変か？」

「竜王であるあなたが、完全な人の姿になるなんて！　せめて角と翼は出してください！」

いや、そんなことより服を着ろとカルディアは言いたい。

だがたぶん竜は裸でも気にならないのだろう。ハインもそうだが、竜たちはわりと露出度が高い独特の衣服を着ていることが多いし、肌を晒《さら》すことにあまり抵抗がなさそうだ。

「角と翼より服……服を着て……！」

「いいだろなくても」

「よ、よくない。今度突然裸になったら、もうよしよししない……！」

そこまで言えば、カルディアが戸惑う理由をようやく察したらしく、オルテウスが軽く指を鳴らす。

次の瞬間、見覚えのあるシャツとズボンがオルテウスの身体を包み、カルディアはほっとした。

だがハインは、そこで更に不満げな顔をした。

「陛下に命令をしたあげく、魔法を使わせるなんて」

「俺が自主的にやったんだからカッカすんなよ」

「ですが、陛下の魔法は奇跡とも呼ばれる貴重で尊いものなのですよ！」

「大げさだな。もっと地味なことにも使ってるぞ」

掃除、洗濯、食事の用意、時にはカルディアの着替えにも用いてきたとオルテウスが告げた瞬間、ハインがカルディアをきつく睨む。

「陛下に家事全般をやらせていたのですか⁉」

「あ、はい。……私、苦手で」

「今の陛下はあんなに小さなお身体なのに⁉」

「べ、別に無理やりやらせていたわけじゃないんです」

「全部俺が勝手にやったことだ。愛おしい魔女の世話を焼くのが俺の生きがいだからな」

「あなた様の生きがいは『自らの力を誇示し暴れることだ』とおっしゃっていたのに」

「それだけ聞くと、昔の俺は相当危ねえヤツだな」

「竜として立派な考え方です！　特に始祖竜であるあなた様は、まさに力の化身！　竜の長として千年以上も君臨できたのも、その手であまたの竜を殺め、その力を誇示されてきたからなのですよ」

ハインは鼻高々に言うが、彼の言葉にカルディアは小さく息を呑む。

竜王オルテウスが圧倒的な力で竜たちを従えていたという話は聞いていた。そしてそれは仇《あだ》なす竜たちを葬ってきた結果だと知ってはいたが、あまり現実感がなかったのだ。

カルディアが生まれた頃には竜同士の争いは禁止となっていたし、オルテウスのことも伝説や歴史の一部としか捉えていなかった。

「あなたの手は戦うために。あなたの魔法は天を切り裂き、大地を砕くためにあるものなのです。それをこんな……こんな小娘の世話に使うなんて……！」

「俺の力をどう使おうが俺の勝手だろう」

「ですがあなたは竜王オルテウス様なのですよ!!」

「そもそもその証拠はあるのか？」

「そのお身体、お顔、魔力!! 全てがオルテウス様である証拠です」

ハインは断言するが、オルテウスはいまいち信じ切っていないようだ。

「信じられないとおっしゃるのでしたら、オルニア国に戻りましょう。皆が口を揃えてあなたが王だと言うはずです」

「それはいいや、めんどくせえし」

「めんどくさがらないでください！ 皆、王の帰りを待っているのですよ！」

「だが、俺は死んだことになってるんだろう。新しい王様もいるし」

「ですが現王ギリアム様は正当な儀式を経て王になったわけではありません」

「しかし、ヤツは名君なんだろ？ なら問題ねえだろあいつで」

オルテウスの言うとおり、現在の竜王ギリアムは民からの評判も悪くない。

オルテウスのような強大な力は持っていないが、政治の腕に長けており、彼の治世によって国は今も栄えている。

　神のように扱われていたオルテウスとは違い、民衆の暮らす街におもむき、声を聞き、弱き者のために政《まつりごと》を行う姿を慕う者も多いのだ。

「そもそも、そのギリアムってヤツも俺の右腕だったんだろ？」

「私も、そう聞きました」

　オルテウスとカルディアがうっかりこぼすと、ハインはわかりやすく機嫌を損ねた。

「確かに彼もまた王の片腕でした。ここ二百年ほどは政の一切を引き受けておりましたし、オルテウス様も重宝してはおりましたが、信頼度から言えば私の次です！」

「いや、たぶん俺ギリアムの方が好きだったと思うぞ。むしろお前は嫌いだったと思うぞ」

「そ、そんなことはあり得ません……！　絶対に……絶対に!!」

　そこで再び泣きそうになるハインを見かね、カルディアはオルテウスを小突く。

「憶測でそんなこと言っちゃ駄目よ」

「だがなぜか、この顔を見るとイライラすんだよなぁ」

「きっと今は、壁を壊されてむしゃくしゃしているだけよ」

「そもそも俺は、お前以外の存在にまったく興味がねえし、好きだと思える気がしねえ」

「それだって、きっと記憶がないからよ。会ってみたら、大切な人のことを思い出すかもしれないわ」

真っ当な意見を言ったつもりだが、なぜだかオルテウスはひどく驚いた顔をする。

「まさかお前、国に帰れって言いたいのか？」

「嫌なの？」

「当たり前だろ！　俺はここで、お前と二人きりで暮らすと決めたんだ」

「でも、本当の家族や大切な誰かがいるかもしれないのに」

「何度も言うが、俺の家族はお前だけだ」

真剣な言葉と表情で詰め寄られると、内心では嬉しい気持ちが湧き上がる。

(でもやっぱり、そう決めるのは早すぎる)

だからカルディアは自分の気持ちに蓋をした。

「本当の家族がいても私とあなたが番であることは消えないわ」

「だが……」

「それに私、オルのことを知りたいの。どんなところで暮らしていたのかとか、家族やお友達のこととか」

自分がねだればオルテウスは絶対に拒否できない。それがわかっているからこそ、カルディアはあえてそう言った。

案の定オルテウスは口をつぐみ、考え込むように押し黙る。

「あなたを嫌いになったりしないって、言ったでしょう？」

「……そんなに、俺のことが気になるのか？」

「うん」

「それは、俺のことが好きだからか？」

目を輝かせながら尋ねられ、カルディアはとっさに頷く。

「もちろんよ」

「なら次こそは、もっと深く繋がりながら魔力をくれるか？」

「へ？」

何やら雲行きが怪しくなってきたのを感じつつ、カルディアは目を泳がせる。

「あの、それって……」

「ハインの前で事細かに説明するか？」

「い、いい……何となくわかった」

説明は不要だと全身で訴えれば、オルテウスの顔に笑みが浮かぶ。

「あとキスも俺が望むだけさせろ。それから、鎖に繋がれたまま散歩するのもいいな！」

「えっ、散歩？」

「せっかく鎖があるのに、全然活用してくれねえだろ？　だからお前と繋がったまま、どこかに出かけたい」

「散歩は……大丈夫。でもあの……」

「俺と繋がるのは嫌か？」

オルテウスの言葉に戸惑っていると、黙って成り行きを見守っていたハインが突然ずいと身を乗り出してくる。

「……ひとつ、よろしいでしょうか」

「何だ？」

不満げな顔で答えたオルテウスと、側で戸惑うカルディアの顔をハインは交互に見つめる。

「もしかしてお二人は、番以上の関係なのですか？」

「見りゃわかるだろう。俺たちは心の底から愛し合った番だ」

「ええ!?」

「えっ？」

戦くハインの声と、戸惑うカルディアの声が重なる。

途端にオルテウスが怪訝《けげん》そうに眉をひそめ、拗ねるようにカルディアの身体をつついた。

「何でお前まで驚くんだよ」

「いやあの、少し表現が大げさすぎるかなって」

「だって俺たちは相棒で、番で、家族だろう？」

「そうだけど」

「一般的に言えば、俺はお前の夫だろう？」

「えっ、夫って本気なの？」

素で返した途端、オルテウスは眉を寄せる。

「じゃあお前、俺を何だと思ってるんだ？」

そう思うと、正直カルディアも言葉に困った。

（オルと私って、どういう関係なんだろう……）

番というのは結婚に近いが、それとはまた少し違う概念なのだ。番を持った魔女は他の誰とも結婚できないし、一生竜とだけ暮らしていく。けれど竜と人との間に子供はできないので、子供は別で作る魔女もかなりいる。

それについて竜はとやかく言わないし、むしろ率先して竜が子供を育てる場合が多い。カルディアはオルテウスがいれば十分なので恋人も子供も作る気はないが、それでも彼が夫かと言われると素直に頷けない。

（オルみたいな素敵な人が、私の夫だなんておこがましいもの……）

彼のことは好きだし、もし恋人だったら素敵かもしれないという思いはほんの少しあるが、それを強制するつもりはない。

むしろカルディアは、オルテウスが別に家族を作りたいと考えるなら、それを受け入れようと思っている。

「黙ってないで何とか言ってくれ。まさかとは思うが、赤の他人とか思ってねえよな？」

「オルは家族よ」

「じゃあ夫だろ」

「うーん……。普通の家族で考えると、オルは私のお母さんかお父さん……かな」

一般的な竜と魔女の関係はもちろん、オルテウスとカルディアの関係の上でも、一番ピンと来たのはその言葉だった。

ずっと面倒を見てくれたし、年上だし、過保護でカルディアに無駄に甘いところも親馬鹿と称するのが一番しっくりくる気がした。

だがオルテウスは、その言葉に納得できないらしい。

「確かに番は家族みたいな関係だが、お父さんはねえだろ！」

「あっ、千年以上生きてるってことはお爺《じい》ちゃん……なのかしら」

「待て待て待て待て!!」

「やっぱり、お父さんがいい？」

「本気か？　お前それ本気で言ってるのか？」

「ええ。本当の父親がどんなものかは知らないけど、たぶんオルみたいなんじゃないかなって思うの」

褒め言葉のつもりだったのに、オルテウスが浮かべたのは、あまりにも情けないしょんぼり顔である。

(わ、私、何もおかしなこと言ってないわよね……)

むしろ褒めたのにと悩んでいると、オルテウスがしょんぼり顔のままカルディアの腕をぎゅっと掴む。

何かを必死に訴えている顔だが、言葉はなかった。どうやら自分の気持ちを上手く言葉にできないようだ。

それほどまでに自分の発言が彼を傷つけてしまったことに戸惑い、カルディアもまた何も言えなくなる。

そのまま見つめ合っていると、ハインがそこで小さく咳払いをした。

「何となく察しましたし少し安心しました。魔女殿は、陛下についた悪い虫ではなさそうですね」

「あ、ありがとうございます……？」

表現はともかく一応褒められているようなので、カルディアはぺこりと頭を下げる。

「これなら、あなたを一緒に連れ帰っても問題ないでしょう。……まあ問題があっても、番となってしまったのなら引き剝《は》がせませんが」

「す、すみません……」

「ですが、番であることは絶対に公にしてはなりませんよ。今やあなたは、陛下の最大の弱点なのですから」

「そ、それは大げさすぎません？」

「大げさどころじゃありません！　もしあなたに何かあったら、陛下も死んでしまうのですよ！」

「……え？」

思わずこぼれたカルディアの怪訝な声に、今度はハインの顔が青ざめる。

「もしや、ご存じない？」

「な、何を……ですか？」

「ご存じないのに、番になったのですか!?」

「いや、だから何を……」

「番とは魂を重ねた竜と魔女のこと。つまりあなたが死ねば陛下も死にますし、陛下が死ねばあなたも死んでしまうのですよ!!」

予想外の言葉に、カルディアは思わず手首にはまった腕輪をぎゅっと握りしめる。

「今初めて聞いたみたいな顔しないでください」

「い、今初めて聞いたので……」

番になった魔女と竜は離れられないという話は聞いていた。だがそれがこんなにも重いものだとはまったく知らなかったのだ。

「魔法が使えなくなるから離れちゃいけないって意味だと思っていました」

カルディアが言うと、まだ少し浮かない顔のオルテウスが小さなため息をこぼす。

「物理的に離れられないし、離れたらホントに死ぬぞ」

「待って、もしかしてオルは知ってたの……？」

「魔女たちはお前に何も教えなかったからな。念のため、色々調べておいたんだよ」

「なら私に伝えておいてよ……！」

「言ったぞ、『ぐべぇ』って」

「大事なことは筆談で伝えてよ」

「まああれだ、一生一緒にいるし問題ねえかなと思って」

いつもの調子を取り戻してきたのか、オルテウスはカルディアの身体を背後からぎゅっと抱き締める。

「今まで朝も昼も晩も一緒にくっついて過ごしてたし、同じようにしてれば問題ない」

「で、でも……」

「それに街一つ分くらいなら離れても平気だしな。ヤバくなったらこの鎖が俺たちを無理やり引き寄せてくれるし」

自身の首輪を撫でながら、オルテウスは笑う。

「そこの竜の話が本当なら、俺は最強の竜王なんだろう？　誰にも殺されやしねえし、お前のことも絶対に傷つけさせない」

「いや、問題はそういうことじゃなくて……」

「今更番の関係は解消できねえし、グダグダ言っても仕方ねえだろ？　俺も色々言いたいことはあるが、今は呑み込んでやってるんだ」

確かに今更何を言っても遅いし、口をつぐむ他はないが釈然《しゃくぜん》としない気持ちである。

（番になるってものすごく重いことだったのね……）

竜と魔女とがずっと一緒にいられる約束、くらいにしか思っていなかった浅学な自分を嘆きながら、カルディアは手首にはまった腕輪を撫でる。

「外したいって思っても、もう遅いからな？」

「外したいとは思ってないわ。ただ、二人のことなんだし大事なことはちゃんと教えてほしかったの。私のせいで、オルに迷惑とかかけたくないし」

「むしろかけてくれる方が嬉しいけどな。面倒な子ほど可愛いって言うだろ？」

「そういう台詞が出てくるところも、お父さんっぽい」

「だからお父さんって言うな」

「じゃあ、父上？」

「言い方の問題じゃねえよ！」

そう怒りながら、オルテウスはカルディアをがしっと羽交い締めにする。

「いつか絶対、お父さんとか言ったこと後悔させてやるからな」

後悔も何も、お父さん呼びの何がいけないんだろうかと、カルディアはひとり悩む。

そんな二人の様子をハインがどこか恨めしそうな顔で見つめていたが、カルディアがそれに気づくことはついぞなかった。

＊＊＊

オルニア国の王都に向かうため、カルディアたちが森を発ったのは翌日のことだった。

ハインがわざわざよこした馬車に半日ほど揺られると、都に入るための関所へとたどり着く。

オルニア国の王都は、竜王オルテウスが九百年以上も前に作り上げた巨大な都市だ。竜王の根城であった岩山を切り崩して作られた都市で、山の裾野には人の街が、今も残る切り立った崖の上には竜たちの住処がある。そしてその更なる上、山の頂から天高くそびえる城に、かつてオルテウスは住んでいたという。

彼の魔法によって作られた白亜の城は雲よりも高く、人の目では頂上が見えないほどだ。城と言うよりは柱と言った方がしっくりくる造形だが、近くに寄ってみると外壁には細かな装飾が施され、王国の成り立ちを描いたモザイク画や始祖竜たちの彫像が彩っているのがわかる。

それらにはまったく汚れが見られず、どんなに強い風が吹いても激しい雨が降っても絶対に倒れるどころか城が揺れることさえないらしい。

「あの城も、この都市も、竜王様が一晩で作ったっていうのは本当なのかな」

都の立派さに思わず惚けた声を上げると、もちろんですと頷いたのはハインだ。

「竜王歴三二四年、陛下は始祖竜の長となり、その記念にこの都市と城を作り上げました。そして王を慕う民たちがこの地に移り住んだのがオルニア国の始まりなのです」

それからずっと国が栄え続けたことを思うと、改めて竜王の偉大さを痛感する。

「丁度来月に建国記念日があるので、その日に王の帰還を祝えるなんて夢のようですよ」

恍惚《こうこつ》とした顔でハインは言うが、話を聞いていたオルテウスの方はどこかうんざりとした顔をしている。

「そもそも俺が王だっていう確証はねえだろ」

「私にはわかります」

「根拠は？」

オルテウスの質問に、ハインは得意げな顔で上を指さす。

「空ですよ。オルテウス様が空を輝かせてくださったからわかったのです」

ハインの言葉にオルテウスは呆れたと言わんばかりの顔をする。彼に話を聞く気がないと察したのか、ハインはカルディアの方へと身を乗り出してきた。

「あの、空を輝かせたってどういうことですか？」

「陛下のお心が、空にオーロラや流星群を生み出したのです」

「えっ……竜王様って、空も変えることができるんですか？」

「オルテウス様は天より生まれし竜ですからね。故に魔力と感情が高まることで空の装いも天候さえも変化させることができるのです」

そしてそれを手がかりに、ハインは十年以上オルテウスを捜し回っていたらしい。

「今までの変化は細やかでしたが、一昨日の晩はかつてないほど空が輝き、王都では激しい星の雨とオーロラを観測しました。きっと陛下の仕業に違いないと思い、魔力を辿ってきたのです」

そして最も空が輝いていた森へと入り、二人を見つけたのだとハインは説明した。

「空があれほど輝くということは、よほど嬉しいことがあったのでしょうね」

ハインの言葉が事実だとすれば、オルテウスが喜んだのは番になれたからだろう。

そう思うと嬉しさを感じるが、失神していたせいでその美しい空を見られなかったことは少し悔しい気もした。

「そんなに輝いていたなら、私も見たかったな」

「見られますよ。建国の日はオルテウス様にとっても喜ばしい日ですから、きっと昼間からオーロラが広がり星も降るでしょうね」

今年は盛大なお祭りになりますすよと喜ぶハイン。その言葉に興味を引かれながらも、カルディアは少し浮かない顔で外を見る。

「お祭りは楽しそうだけど、今よりもっと人が多くなるってことですよね」

「ええ。世界各地より人と竜が祝いに訪れますから」

「私、絶対外に出られなそう……」

そう言って肩を落とすと、今まで黙っていたオルテウスが小さく噴き出す。

「相変わらず、お前は人混みが苦手なんだな」

「人混みがというか、人間がというか……」

「お前も人間だろう」

「そうなんだけど、私は草木と喋ってる方が落ち着く性質だから」

「そもそも草木は喋らんぞ」

オルテウスのつっこみに、カルディアは不満そうな顔をする。

「いや、喋れるわよ。例えばほら、この子だって毎日話しかけてるおかげでこうして撓《たわ》わに実がなるんだし」

言いながらカルディアが差し出したのは、小脇に抱え続けていた鉢植えである。

「あの、ずっと疑問だったんですけどそれは……」

カルディアの鉢植えに怪訝な顔をしたのはハインだった。

「先日山奥で見つけた食虫植物です」

「毒々しい見た目ですけど、観賞用ですか？」

「いえ、研究用です。可愛いし、生態を観察したいから、いつも何かしらの植物を持ち歩いてるんです」

ウットリとした表情で、カルディアは食虫植物を撫でる。もはや植物にしか目が行かなくなってしまったカルディアに戦き、ハインはオルテウスに視線を向けた。

「あの……魔女殿はいつもこんな感じなのですか？」

小声で尋ねるハインに、オルテウスは頷く。

「小さい頃から草木が好きでな。寝ても覚めても植物観察ばかりしている」

「そういえば、魔女殿は薬師でしたっけ……？」

「ああ。彼女の母親も薬師で、小さな頃から特殊な薬草を用いた薬の精製と販売で生計を立てている」

「魔女の秘薬というヤツですか」

「魔法は使えないが、彼女の薬は本当によく効くぞ。若干人見知りだし、珍しい草木を見つけるとこの有様だから商売の方はからっきしだが」

オルテウスの言葉で何かを察したのか、ハインは「なるほど」とカルディアに同情の目を向ける。

その視線に気づいたカルディアは顔を上げ、小さく首をかしげた。

「今、私のこと話してた？」

植物のことを考え始めると、カルディアは周りの声が一切耳に入らない。だからハインの視線の意味がわからなかったが、「気にするな」とオルテウスが追及を止める。

「ところでその食虫植物は新種か何かか？」

「たぶんそうなの！　はえ取り草の一種だと思うんだけど、図鑑にもお母さんのノートにものってないの」

「大発見じゃねえか」

「だから大事に育ててみようと思ってるんだ」

思わず身を乗り出し熱弁するカルディアに、オルテウスがふっと微笑む。

柔らかな笑みにカルディアがドキッとしていると、大きな手のひらが褒めるように頭を撫でてきた。

「育成に必要なものがあれば言え。何でも用意してやる」

「う、うん。ありがとう……」

優しく頭を撫でられるとなんだか胸がドキドキして、カルディアは赤くなった顔を苗木の葉で隠す。

昔から、オルテウスはカルディアが植物に夢中になって周りが見えなくなっても、嫌な顔ひとつしなかった。小さな手で褒めるように撫でられたこともあるし、『ぐべぇ』と鳴く声も温かかった。

（いつも、こんな顔で笑ってくれていたんだ……）

普段から穏やかに見守ってくれていたのはわかっていたが、こんなに優しい表情だったなんて竜のときにはわからなかった。

「オルテウス様は、魔女殿に甘すぎでは？」

「そうか？」

「いくら薬師とはいえ、得体の知れない植物を育てたり持ち歩いたりするのは変ですよ。無駄に目立ちますし、せめて街の中ではもう少し普通に……」

「これがカルディアの普通なんだからいいんだよ。それにほら、植物といるときの方が可愛いだろ」

「わかりかねます」

「この輝いた顔をよく見ろよ。可愛すぎて、正直俺は今、この植物にものすごく嫉妬している」

「いや、わかりかねます……」

ハインはうんざりした顔だが、オルテウスは本気のようだ。

(やっぱり親馬鹿っぽい……)

などと思ったが、それを言ったらオルテウスがまた機嫌を損ねそうなのでカルディアは口をつぐんだ。


そうこうしているうちに、馬車は邸宅街の外れにある一際大きな屋敷の中へと入っていく。

オルテウスが巣だと言っていた屋敷も相当大きかったが、レンガ造りの建物は既に前門から庭まででで倍以上の広さで、カルディアはただただ圧倒されていた。

「あの、ここは？」

「陛下が所有していた邸宅のひとつです。城の他にも、こうしたお屋敷をいくつか持っていらして」

そのほとんどは国のものとなり、今は観光名所になっているそうだが、この建物だけは以前のままハインが管理していたらしい。

「この屋敷は陛下が一番気に入っていらしたので、人に渡らぬようにしていたのです」

「じゃあもしかして、中に入れば何か思い出すんじゃないかしら？」

馬車の窓から屋敷の方を指さすが、オルテウスは興味がなさそうだ。

その後馬車を降り、巨大な邸宅の前に立っても彼の表情はさして変わらなかった。

そしてそれは、屋敷の中に入り使用人たちに出迎えられても同じだった。

「ここが俺の家ねぇ……」

お帰りなさいませと歓迎されても、オルテウスは怪訝な顔をするばかりである。

だがその顔より、カルディアは出迎える使用人たちの表情が少し気になる。

(なんだか、みんな表情が強張ってる……)

てっきり笑顔で出迎えられると思っていたのに、待っていた使用人の表情は硬く、オルテウスを見る眼差しにはどこかおびえが見られた。

(それになんだか、人が少なすぎないかしら)

ハインは全員を集めたと言っていたのに、エントランスで出迎えた使用人は僅か五人あまりだ。屋敷の大きさに対して使用人の数があまりに少なく、そのせいで余計にもの悲しさを覚える。

「あの、本当にこれだけ……ですか？」

「ええ。陛下はあまり周りに人を置きたがらなかったので、常時お仕えしていたのはこれだけです」

ハインの言葉に続き、使用人たちがひとりひとり挨拶をしたがやはりその表情がほぐれることはなかった。

対するオルテウスもやはりそっけなく、ぎこちない空気にカルディアは気まずくなる。

それから屋敷を一回りし、オルテウスの所有していた絵画や彫刻のコレクションなどを見せられたものの、結局、彼の記憶が回復するきっかけになりそうなものは何ひとつなかった。

＊＊＊

「……やっぱり、十年も戻らなかったくらいだし一朝一夕《いっちょういっせき》じゃ無理なのかなぁ」

屋敷を一通り見て回ったあと、通された客間の窓辺に植物を置きながら、カルディアはぽつりとこぼす。

背後には当たり前のようにオルテウスが寄り添い、その言葉に苦笑を浮かべた。

「あんな訳のわからん胸像やら絵やらを見せられても、記憶なんて戻らねえよ」

「でもハインさんが、オルテウス様が大事にしていたコレクションだって言ってたよ」

「自分があの手の調度品を大事にするタイプとは思えないんだがなぁ」

「それも勘？」

「だって俺、お前以外は何を見てもときめかねえし」

「昔はときめいてたかもしれないでしょ」

「ねえな」

断言しながら、オルテウスはカルディアの髪を指で弄ぶ。その表情は確かにものすごく生き生きしていて、先ほどまでの興味のなさそうな顔とは正反対だ。

「千年以上も生きてるんだし、好きなもののひとつやふたつ、あると思うよ」

「……もしなかったら、おかしいか？」

ふと真面目な顔になり、オルテウスがじっとカルディアを見つめる。

「おかしいって言うか、そういうことってあるのかなぁって」

「人知を超えた力を持つ竜王なんだし、考えも趣味も特殊だったかもしれねえだろ」

「言われてみると、そうかも」

「きっと、つまんねえ男だったんだろうな」

カルディアから目を逸らし、オルテウスは側の窓からぼんやりと外を眺める。

小高い丘の上に建つ屋敷からは、どこまでも広がる広大な街とその中央にそびえ立つ巨大な王城を眺めることができた。

ただ竜王の力の象徴でもあるその城の頂だけは雲に隠れ、人の目ではその全てを見ることは叶わない。

「あのずっと上に、オルは住んでたのかな？」

「かもな」

「じゃあオルの家族も、あそこにいるのかな？」

「俺の家族は、お前だけだよ」

カルディアへと目を戻し、オルテウスはぐっと身をかがめる。

キスされるのだと察して目を閉じると、予想していたよりもずっと優しい口づけがおりてきた。

柔らかく唇を食まれ、ちゅっと音を立てて吸われると、身体の奥が甘く痺れる。

自分の身に起きた反応がなんだか恥ずかしくて、カルディアは頬を真っ赤に染めた。

「きゅ、急にされるとびっくりするよ」

「事前に申告すればいいのか？　じゃあ今から二十五回くらいするから、じっとしてろよ？」

「お、多いよ……！」

「仕方ねえだろ。キスじゃちょっとずつしか魔力をもらえねえし」

他のやり方でも俺は良いぞと微笑む顔は妙に色っぽくて、カルディアはもはや言葉を返すこともできない。それを良いことにオルテウスは楽しげな笑みを浮かべ、今度は頬に優しく唇を寄せた。

「ちょっと初心《うぶ》すぎるが、俺の番は本当に可愛いな」

「か、からかってる……？」

「本心だぞ。お前のことは可愛いし愛おしいと思ってる」

言ってから、オルテウスは少し真剣な顔になる。

「もちろん、父親としてじゃなくな」

「父親、そんなに嫌なの？」

「家族のくくりに入れてくれるのは嬉しいが、それだけじゃ足りねえ。俺は番として、お前の全てになりたい」

「全て？」

「父親から恋人から夫まで、全てだ」

表情だけでなく告げる声もいつになく真剣で、それを正面から受け止めてしまったカルディアは驚きと動揺で息を呑む。

「お前の全てになり、とことん甘やかしてやりたい」

「でも、何でそこまで……」

「記憶も何にもねえ俺を側に置いて、可愛がってくれただろ。だから俺も、お前にもらった分の……いやもらった以上の幸せを与えてやりたい」

「今だって十分幸せよ」

「十分じゃねえよ。お前はまだ人としての幸せを何も得ていねえ。だからそれを、俺が全部与えてやる」

それこそが自分の使命だと言うように、オルテウスは微笑んだ。

「だからキスと一緒に、俺との関係にも慣れてくれ」

甘い声で囁きながら、オルテウスの大きな手のひらが頬を撫でる。そうされるとなぜだか身体と心がざわざわと落ち着かなくなった。

まるで火がついたように身体の奥がジリジリ焦《こ》がされ、感じたことのない熱が全身に広がっていくような錯覚まで覚える。

「まずは恋人から始める。だからお前も俺を恋人だと思ってほしい」

「そ、そんな急に言われても……」

思わずしどろもどろになり、オルテウスから顔を背けかけたが、頬に添えられた手がそれを許さない。

「嫌だとは言わせねえぞ」

「むしろオルは嫌じゃないの？　もし本当に竜王だとしたら、恋人だって……」

「そんなものいねえよ」

オルテウスの断言は早かった。

カルディアは内心ほっとしたけれど、それは長くは続かなかった。

「恋人なんてありえねえ。だって俺は、お前が――」

「嘘をおっしゃらないでください！　オルテウス様には恋人がいらっしゃいます！」

突然の声に、カルディアとオルテウスは見つめ合ったまま固まる。

二人同時に声のした方を見れば、部屋の入り口にはハインが立っていた。

「お前、いつから……」

「お二人が部屋に入ったまま出てこないので、何かいかがわしいことを始めるつもりではないかと気になって見張っておりました」

「察してるならどっか行けよ……」

オルテウスの言葉に、カルディアは慌てて身を引く。その様子を見たオルテウスが残念そうな顔をしていると、ハインがずかずかと二人の間に入り込む。

「ともかく、いかがわしいことは禁止です。オルテウス様には、恋人が沢山いらっしゃるのですから」

「……た、沢山？」

思わずカルディアが聞き返すと、ハインは大きく頷いた。

「オルテウス様は最強の竜ですよ。王と結ばれたい、結婚したいという方は星の数ほどいらっしゃいました」

「それは恋人って言わねえだろ」

オルテウスはうんざりした顔をするが、ハインは引かなかった。

「確かに特定の相手はおられませんでしたが、女性の相手はしていらっしゃいました！それも魔女殿よりもっと美しくて、美人で、美しい方と！」

「……そ、そんなに強調しなくても」

自分が美人だと思っているわけではないが、ハインの言い方にはさすがに落ち込む。

「俺の魔女を愚弄するな！　それに俺が美しいと思うのは彼女だけだ！」

「それは幻想です！　それも大いに間違った!!」

自分の考えに絶対的な自信があるのか、ハインは一歩も譲らない。

「オルテウス様は、長い間魔女殿と一緒にいて感性が鈍っているだけです！　美しい女性に会えば、きっと本来の自分を取り戻せるはずです！」

「思い違いも甚だしいな」

「思い違いではありません、何なら証明してみせますよ！」

ならやってみろと怒鳴るオルテウスと、それを正面から胸を張って受け止めるハイン。

二人のやりとりから不穏な雲行きを感じつつも、間に入ることなどできるはずもない。

（止めた方が良いのかな……）

そう思いつつも結局口をはさむことはできず、カルディアはただただオロオロすることしかできなかった。

＊＊＊

「さあどうです！　私が集めた花たちは！　美しいでしょう！　かぐわしいでしょう！　くらっとくるでしょう！」

その日、ハインは鼻高々な様子で朝からご機嫌だった。

その理由を目の当たりにしたカルディアは、一晩の内に様変わりした屋敷の有様に目を見張っていた。

（しょ、証明ってこういうことだったのね……）

王都の屋敷にきた翌日、朝食のために呼ばれて食堂へとやってきたカルディアは、そこに集められた美しい女性たちに圧倒されていた。

カルディアの隣では一緒に起きてきたオルテウスもその光景を見て驚き、戸惑っている。

「おいハイン、何だこれは……」

「新しく雇った使用人たちです」

「メイドばっかりじゃねえか」

「可愛いでしょう？　みなさん、行儀見習い中のご令嬢なんですよ」

オルテウスが尋ねると、ハインがニヤリと笑い、僅かに声を抑えた。

「その情報を聞かされたところで俺にどうしろと？」

「好きに手を出してくださいってことですよ。ちなみに、竜王であることは念のため伏せておりますが、その代わり、『とある国から視察にやってきたメイド好きの王太子』と伝えておりますので、みなさんやる気満々です」

「何のやる気だ……」

オルテウスがぼやいた直後、メイドたちが彼のもとへと押し寄せてくる。

「おはようございます、旦那様！」

「お茶はいかがですか！」

「いえ、それよりも私の作った朝食をぜひ！」

などとメイドの分を越えた勢いでオルテウスのもとに群がる様子に、カルディアは戦きとっさに廊下まで下がる。

「ふふふ、私が集めたメイドは皆美女揃い。彼女たちにちやほやされれば、オルテウス様の本性も目覚めるはず！」

驚くカルディアの横で、勝ち誇った顔をしているのはもちろんハインである。

「本性って、竜王様はメイド好きだったんですか？」

「いえ、そこはわかりません。でも魔女が好きだと錯覚しているということは、何かしら特殊な属性を持つ女性が好みなのかと思いまして」

それでわざわざ、集めた女性たちにメイドの格好で給仕をさせているらしい。

（ハインさんの言う属性がいったい何のことかはわからないけど、オルが好きなのはこういう女性なのね……）

改めてオルテウスを取り囲む女性たちを眺めながら、カルディアはなんとも言えない複雑な気分になる。

メイド服を着ていても中身はご令嬢で、その容姿は美しい。その上体形も女性らしい者が多く、豊満な胸をこれ見よがしにオルテウスに押しつけている者もいる。

そんな様子を見ていると、なぜだかとても落ち着かない気持ちになるのだ。

「さあ、美女たちに囲まれて何か思い出しませんか！　心が高ぶり、かつての記憶が蘇りませんか！」

興奮したハインにまで詰め寄られ、オルテウスが思わず身を引く。

「きゃっ!!」

弾みで彼の腕がひとりのメイドに当たってしまう。さほど強くはなかったようだが、小柄なメイドは腕に押されて僅かによろけ後ろへと倒れそうになった。

「ああ、すまん」

そんなメイドを、オルテウスは片腕で軽々抱き留める。

傾いた身体を立て直してやる仕草は様になっていて、周りから黄色い悲鳴が上がる。

そんな中、声も上げられずに呆然と立ち尽くしていたのはカルディアだけだった。

倒れかけたメイドから、オルテウスはすぐさま腕を放したものの、華奢な腰に回された彼の腕が頭に焼き付いて離れない。

(何……この気持ち……)

訳もなく落ち着かない気持ちになり、息が詰まる。

同時に、胸と胃がキリキリと痛み、カルディアは無意識のうちにその場から逃げるように後ずさった。

(何でだろう、これ以上ここにいたくない……)

そんな気持ちに身体までもが支配され、彼女は早足でその場をあとにする。

歩く間も、脳裏にはオルテウスがメイドを抱き留めた光景ばかりがグルグルと巡って止まらない。

頭に浮かぶ光景を消そうと必死になりながら足を動かしていると、カルディアは自分で

も気づかぬうちに建物の外へと飛び出していた。

「あ、あれ……」

ようやく我に返ったときには、屋敷の敷地外へと続く門の前にいた。歩みを止め、ひとりぽつんと立ち尽くす。

その間にも背後の屋敷からはメイドたちのはしゃぐ声が聞こえ、カルディアは居心地の悪さに顔を伏せた。そのまま屋敷の外まで出て行ってしまいたい気持ちになるが、ひとりで街を歩いたことのない自分がこのまま外に出られるはずもない。

「……私、何やってるんだろう」

前に進むことも屋敷に戻ることもできず、カルディアはその場にゆっくりとしゃがみ込む。

(とにかく一度落ち着こう。なんだか、今日の私……おかしい……)

そう思って深呼吸を繰り返していると、ふいに目の前の門が音を立てて開く。

その音に驚き、思わず尻餅をついた直後、カルディアの頭の上に何かがポトリと落ちた。

『ぐべっ』

聞き慣れた情けない声にはっと顔を上げると、落ちてきたのはトカゲ姿のオルテウスである。

「えっ、何で……」

『ぐべべ』

それはこちらの台詞だと言わんばかりに顔を覗き込んでから、オルテウスは尾で門の方を指し示す。

『ぐべ！　ぐべ!!』

「そ、外に行きたいの？」

『ぐべ！』

「でもハインさんに無断で外に出るのは……」

そう言った直後、突然二人を繋ぐ鎖が現れ、見えない力に摑まれたようにカルディアの身体がぐっと持ち上がる。

背中を押されながら、カルディアの身体は屋敷の外へと飛び出していた。

勝手に動く身体に動揺しつつも、カルディアの肩へ降りてきたオルテウスが落ち着けというように鳴くので、何とか冷静になる。

(これ、オルの魔法かしら……)

だとしたら、さっき部屋を飛び出してしまったのも魔法にかかっていたからだろうかと考えているうちに、カルディアたちは屋敷の側を流れる川のほとりまでやってきていた。

近くの山脈から流れ込む『竜神川』と呼ばれるその川は、王都同様竜王が作り出したものだとされている、美しくも雄大な川だった。

「……ここまでくれば、ひとまず大丈夫だろう」

掠れていた鳴き声が消え、代わりに低い美声がカルディアの耳元で響く。同時に肩にのっていたオルテウスの気配が消え、目の前に見覚えのある広い背中が現れた。

それを見た瞬間、カルディアはなぜだかその背中に飛びつきたい気持ちになった。彼は自分の竜だと、番だと確認したい気持ちになったのだ。

だが伸ばしかけた腕はオルテウスには届かなかった。あと少しというところで、先ほどオルテウスがメイドを抱き留めたときの光景が頭をよぎり、それ以上腕を伸ばせなくなってしまった。

「……どうした?」

オルテウスが心配そうに振り返るが、彼の顔を見ていると更に落ち着かない気持ちになり、カルディアは視線を下げた。

「あ、あの……屋敷を出て本当に良かったの?」

「あのまま、メイド地獄の中で苦しめってのか?」

「く、苦しかったの? ハインさんは、オルがメイド好きだって言ってたけど……」

「は?」

未だかつてない冷たい声と表情を浮かべ、オルテウスは眉間にしわを寄せる。

その様子を見ているとなぜだかほっとして、カルディアの中の不快感が少しずつ薄れていく。

「でもそっか、メイド好きじゃないんだ」

よかったとうっかりこぼした直後、オルテウスが虚《きょ》を衝《つ》かれたような顔をする。

「もしかしてお前、メイドに嫉妬したのか？」

投げかけられた質問に、今度はカルディアが驚いた表情で固まる。

（嫉妬って……あの嫉妬……？）

それはカルディアにとって、あまりに縁遠かった感情だ。

それゆえ、その言葉を上手く咀嚼《そしゃく》できない。

「そ、そうなのかな……？」

「でも俺がメイドに囲まれてたとき、嫌な感じがしたんだろ？」

「し、したかも」

「ちょっと苛立ったりもしただろ」

「う、うん」

「よし!!」

突然、オルテウスは両腕を天に突き出した。何やら大変感激しているらしい。

「今初めて、ハインのやつにちょっとだけ感謝した！」

「そ、そうだ……。勝手に屋敷を出てきたから、きっとハインさん怒ってるよ」

「だとしても、このまま俺が屋敷に戻ってもいいのか？　あのメイドたちが待ってるぞ」

そう言われると再びモヤモヤとした気持ちがこみ上げてきて、カルディアは思わずオルテウスのシャツの裾をぎゅっと握る。

「やっぱりもうちょっとだけ、ここにいてもいい……？」

「ちょっとどころかずっといよう。何ならここに巣を構えるか」

「オル、ここ河原だよ」

「だがお前との関係が進んだ記念の場所だろ」

だから屋敷でも建てたいと言い出すオルテウスに、カルディアは困惑しつつも笑ってしまう。

（よかった、オルはいつも通りだ……）

メイドに囲まれていたときはなんだか距離ができてしまったように思えたが、二人きりになってみるとそんなことはない。それどころか彼はぐっと距離を詰め、カルディアを抱き締めようとする。

「あ、そうだ」

だがそこで、オルテウスは突然腕を止めた。

抱擁されると思っていたカルディアは、彼の腕が下がってしまったことに少しがっかりする。

同時に、がっかりしてしまう自分に少し驚いた。

（昨日までは、オルに近づかれるのは怖いくらいだったのに……）

今は竜の姿のときみたいにくっついてほしいと思っている。その心の変化に戸惑っていると、オルテウスは更に戸惑わせるようなことを言い出した。

「この腕じゃ、お前は抱けないな」

「へ？」

「少し待て」

そう言った瞬間、オルテウスは側にある川へ躊躇いもなく入っていく。

「な、何してるの!?」

突然のことにカルディアが川縁へ駆け寄ると、腰のあたりまで水につかったオルテウスが自分の身体に水をかけている。

「身を清めている。他の女を触った手で抱かれるのは嫌だろ？」

だから綺麗にすると言いながら腕を擦っているオルテウスを見ると、なぜだか無性に嬉しくて、胸の奥も甘く疼いてしまう。

「そ、そんなことしなくても良いのに」

そして何よりも、心にこみ上げてくるのは今すぐにでもぎゅっとしてほしいという願いだ。

（つ、番だし……それくらいの我が儘は、許されるかな？）

少なくとも昨日、オルテウスはカルディアの全てになりたいと言ってくれた。だとしたら少しくらい甘えても良いのかもしれないと思い、カルディアは覚悟を決める。

「オル、もう待てないからそっちに行っていい？」

「お、おい!?」

言うなり、躊躇なく川に入るカルディアを、オルテウスが慌てて抱き留める。

「ばかっ、お前まで入ってどうする！」

「でも、あの、待てなかったから」

「お前は俺を驚かせる天才だな……」

言うなりぎゅっと抱き締められると、カルディアはようやくほっと息をつく。

(やっぱりこの腕は、とられたくないな……)

そんな思いで、カルディアはオルテウスの広い胸に頬を寄せた。

水で張り付いたシャツの下にある、逞しい胸板を感じても今はもう怖くない。そんなカルディアの変化に気づいたのか、オルテウスもまた遠慮なく彼女を抱き締める。

「水、冷たくねえか？」

「オルがあったかいから大丈夫」

「そう言われるとずっとこうしていたくなるが、お前に風邪を引かれるのは困るな」

言葉と同時に頬にそっと口づけをしてから、オルテウスが力強く水底を蹴る。その勢いで二人の身体が陸の上に戻った直後、心地よい風がカルディアの髪を揺らした。

「えっ、うそ……」

直後、濡れていた身体が一瞬にして乾き、カルディアは目を見開く。

「そんなに驚くなよ。いつもこうしてお前の髪を乾かしてやってただろう」

「そうだけど、普段はもうちょっと時間がかかってたから」

「少しでも長くお前の髪に触っていたくて、いつもはちょっとずるしてた」

オルテウスの言葉に苦笑しつつ、カルディアは改めて彼の魔法の万能さに舌を巻く。

(でもそうよね。竜王オルテウスなら、服や髪を乾かすくらい造作もないことよね)

とはいえ竜王の特別な力を自分のために使って良いのかと考えずにはいられない。何せ彼が持っているのは、側を流れる雄大な川さえも作れる力なのだ。

「何だよ渋い顔して。ずるしてたこと、怒ってんのか？」

「そ、そういうわけじゃないの。ただオルの力はすごいなって改めて驚いたっていうか」

「他に望みがあれば、何でも叶えてやるぞ」

「そういえば、記憶がなくても、魔法は前と同じように使えるの？」

「前がどの程度のものかはわからないが、魔法は色々と使えるな。さっき逃げ出したときも、ちょっとした魔法を使ったし」

「ちょっとした？」

それはどんなものだろうと考えていると、カルディアは遠くから自分たちを呼ぶ声が聞こえることに気がついた。

声につられて顔を上げると、よろよろとやってくるハインの姿が見える。

(あれ……でも何で、あんなボロボロなんだろう……)

よく見れば着衣は派手に乱れ、顔に無数のひっかき傷がついている。その上目は死んだ魚のように濁《にご》りきっていて、カルディアは心配のあまり駆け寄った。

「な、何かあったのですか!?」

「何かも何も、あなたたちが逃げ出したせいでしょう……」

ハインはそこでオルテウスを睨み付ける。

「よりにもよって、惑わしの魔法をメイドにかけるなんてひどすぎる！」

「ははっ、その様子じゃよく効いたようだな」

「笑い事じゃありません！」

今にも泣きそうな顔で地団駄を踏むハインを落ち着かせながら、カルディアは彼の傷を検分する。とりあえず、大きな怪我はないようだ。

「ねえオル、その惑わしの魔法って怪我をするほど危険なものなの？」

「ちょっとした悪戯に使う魔法だ。人の目をくらませる一種の幻覚魔法だな」

「まさかそれを、ハインさんにかけたの？」

「かけたのはメイドたちの方だ。あいつらにハインが俺に見えるよう惑わしの魔法をかけて、その隙に逃げ出してきたってわけ」

オルテウスの言葉に、カルディアは彼が自分をすぐに追いかけられた理由を理解した。

「相手を興奮させる魔法もかけたから、ハインはモテモテだっただろうな」

「笑い事ではありません！　危うく私の清らかな唇を奪われるかと！」

「その口ぶり……まさかお前童貞なのかよ」

「私は運命の伴侶に全てを捧げると決めているのです！　なのにあのメイドたちときたら!!」

「そもそもあいつらを勝手に雇って焚《た》きつけたのはお前だろう。自業自得だ」

「私はただ、オルテウス様のために！」

「だが実際はどうだ？　俺は何か思い出したか？」

そう告げる表情がいつも通りであるとハインは気づいたのだろう。悔しそうに顔を歪ませ、拳を握りしめる。

「理解したならメイドたちは追い返せ。さもなければ、お前の初めては悲惨な思い出で終わるぞ？」

「……わ、わかりました。ただ私は諦めませんからね。あなたの記憶を取り戻し、いずれ絶対に玉座へ戻っていただきます」

「頑張るのは勝手だが、そう上手くいくかな？」

何やら不敵に笑うと、オルテウスはカルディアを突然抱き上げる。

「ということで、俺たちは仲良くデートに行ってくるから、お前はせいぜいその無い知恵を絞って作戦でも練っていろ」

「ちょっと、そんなの許可できるわけがないでしょう！」

「だってメイドがいると家でイチャイチャできねぇし」

「い、今すぐ追い返しますから！　だから外は駄目です！　今だって、ここにいるのがバレたらギリアム王から何を言われるか！」

先ほど以上に青ざめた顔をするハインに、カルディアは首をかしげる。

「オルがここにいること、ギリアム様はもうご存じなのですか？」

「ええ、昨日ご報告はしましたから。……ただ、今は時間がとれないからしばし待てと言われてしまって」

そして前竜王が生きているとなれば大きな混乱を招きかねないから、オルテウスを屋敷から出すなと命令されてしまったらしい。

それが本当なら今すぐ帰らなければと、カルディアは慌ててオルテウスの腕の中から逃げ出そうとする。

けれどオルテウスから離れるより早く、再び現れた鎖が彼女の動きを封じてしまった。

「デートくらい、いいじゃねえか。俺はお前とこうして鎖に繋がれたまま外を歩くのが夢だったんだ」

「そ、そんなことできるわけないわ……」

「いや、むしろこれが番の普通だろ？　むしろ、竜と魔女が外を歩くときは鎖を出すのが決まりだったと思うが？」

オルテウスはそう言ってニヤニヤするが、もしこのまま往来を歩いたら人目につかないはずがない。

その考えはハインも同じようで、彼はすぐさまシャキッと背を伸ばすと「メイドたちを追いだしてきます」と踵《きびす》を返す。

「家でなら好きなだけイチャイチャして構いませんので、すぐに帰ってきてくださいよ！」

　そんな台詞を残して一目散に駆けていくハイン。その言葉にカルディアは動揺したが、オルテウスの方はしたり顔で笑う。

「許可も出たし、思う存分イチャイチャするか」

「まさかオル、こうなるようにわざと焚きつけたの？」

「そこまで策士じゃねえよ」

　オルテウスは笑うが、カルディアはいまいち信用できない。

「そんな顔をするな。俺はお前には嘘なんかつかねえよ」

「そういう顔が既にちょっと怪しい」

「そういう顔ってどんな顔だ？」

　言うなりぐっと顔を近づけられ、カルディアは慌てて彼から視線を逸らす。

　凛々しい顔で迫られるとどうしても落ち着かない気持ちになってしまうのだが、オルテウスはお構いなしだ。むしろそれを承知の上でカルディアとの距離を詰めた気がした。

「すぐそうやって誤魔化すし……」

「誤魔化してねえよ」

「私、嘘つく人って嫌いなの」

　嫌いという単語にオルテウスの眉がピクリと動く。

「嫌われるのは困るな」

「じゃあ約束して。嘘はつかないって」

「わかった。これからはお前には本当のことしか言わねえよ」

言いながら、オルテウスは二人を繋ぐ鎖をぎゅっと握りしめる。

「番の絆にかけて誓う」

真剣な眼差しにほっとして、カルディアも同意の意味を込めて頷く。

だがその直後、再びオルテウスの顔に不敵な笑みが戻る。

「だから今後は、俺の言葉は嘘偽りのない俺の本心だと思って聞いてくれよ？」

「へ？」

「今ものすごくお前が足りねえ。だから家に帰ったら、思う存分イチャイチャさせてほしい」

「い、イチャイチャ……!?」

「ハインにかけた魔法のせいで魔力も足りねえし、いいだろ？」

魔力をダシにされると嫌とは言えない。それに彼が自分との触れあいを望んでいるのだとしたら、拒みたくないという気持ちもある。

「俺はお前に……、お前だけに触れたいんだ」

同じような言葉を今まで何度もかけられたが、なぜだか今日はいつも以上に彼の声に胸がドキドキして苦しい。

（でも何でだろう、苦しいだけじゃない……）

恥ずかしさと苦しさの間に嬉しい気持ちが芽生え始めていて、それが余計に彼女の心を混乱させるのだった。

＊＊＊

ハインの宣言通り、オルテウスとカルディアが屋敷に着くとメイドたちの姿は影も形もなかった。満足げなオルテウスに部屋へと連れて行かれたカルディアは、もうかれこれ三十分ほどベッドの上で彼に抱え込まれたままだった。

（く、くっつきたいとは思ったけど……まさかこんなことになるなんて……）

鎖で繋がれたまま、時折頭を撫でられたり頬ずりをされたり、逆に撫でてくれとねだられたり。屋敷に帰ってからのオルテウスはまるで子供だ。そんな彼との触れあいに最初は多少緊張したけれど、慣れてしまえば彼の逞しい腕の中は心地が良いのも確かだった。

（でもさすがにそろそろ……）

「まだ、放さねえよ」

心の中を見透かされたように言われ、カルディアはびくりと身体を震わせる。

「足りねえ魔力、分けてくれるんだろう？」

耳元で囁かれた言葉は甘く艶やかに響き、鼓膜と共に全身が小さく震えてしまう。同時に身体が火照り、カルディアはその場から逃げ出したいような気持ちになった。

（けど今逃げたら、オルは傷つくかな……）

自分に触れたいと告げた真剣な表情が頭をよぎり、カルディアは逃げ出しそうになる心と身体をその場に留まらせる。

(それに私も、後悔する気がする……)

自分を優しく抱いてくれるこの腕がなくなることがどんなに辛いか、今朝の一件でカルディアは気づいてしまった。

彼が自分を望んでくれているように、自分も彼の存在を望んでいる。だとしたら、彼の望みを叶えることは自分の望みを叶えるのと同じなのではないかと思えた。

「魔力、どうやって渡せばいいの？」

おずおずと尋ねた途端、オルテウスがカルディアの唇を奪う。

戯れていたときとは違う荒々しい口づけにカルディアは悲鳴を上げかけたが、声も吐息もあっという間に貪られてしまう。

「ン……ぁん…ふっ……」

口の代わりに鼻で呼吸をすればいいのだと何となくわかってきたが、オルテウスの口づけはあまりに性急すぎて細やかな息継ぎすら難しい。

けれどなぜだか、彼を押しのけキスより呼吸を優先する気にはなれなかった。

長く、甘く、時に激しく。

前触れもなく角度を変えながら深まっていくキスに、このままずっと溺れていたいような気持ちになる。

そしてそれはオルテウスも同じなのだと、唇を吸い上げる強さが教えてくれる。

お互いの背に腕を回しながら、二人は口づけと共に身体の距離を詰めていく。

竜の姿のときと違い、オルテウスの身体はとても熱い。肌に触れた感触ももちろん違うし、鼓動も大きくて激しい。

でも口づけの合間に、愛おしそうに鼻先をカルディアの額や頬にこすりつけてくる様は竜のときと同じで、そのくすぐったさには思わず笑みがこぼれてしまう。

「オルは昔から……そうするのが、好きね……」

キスで乱れた呼吸を整えながら、カルディアもまた竜のオルテウスにしていたように彼の顔の輪郭を指で辿った。

今の彼の顔はシャープで、竜のときの丸みを帯びた顔とはまるで違う。

鱗と人肌では手触りも違うけれど、カルディアの手に頬を寄せる仕草には、かつての名残があった。

「お前と触れあい、お前の熱を感じるのが好きなんだ」

オルテウスの頬に触れていたカルディアの手に、大きくて節くれ立った手が重なる。

「だからお前の竜になった。お前とずっと一緒にいたかったたし、いずれこうしてお前と同じ姿で寄り添いたいと思っていた」

熱を帯びた視線を向けられると落ち着かない気持ちになるけれど、カルディアは彼の言葉がとても嬉しかった。

「だが怖くはねえか？　嫌ならいつでも言え」

急ぐつもりはないからと笑うオルテウスに、カルディアは首を横に振る。

「最初は確かに怖かったけど、私もオルとくっつくのは嫌じゃないみたい」

「今の俺でもか？」

「うん……。まだちょっと緊張はするけど」

よくよく考えれば、小さなオルテウスは常にカルディアの身体にくっついていたのだ。姿形は違うけれど、やっていることは同じではないかという気もしてくる。

「オルはよく服の下とかに入ってたし、今更これくらいで緊張するのも変だよね」

「俺が言うのも何だが、お前は俺に気を許しすぎなところがあるよな」

「オルだからだよ」

「それに、俺に甘すぎる。あまりに隙が多すぎて、どんどんつけ込みたくなる」

言いながら、オルテウスがカルディアの喉元に手を触れた。

彼の爪は鋭いから、もし彼が本気で力を入れればあっという間に喉を裂かれてしまうだろう。けれど不思議と爪を立てられても恐怖はなかった。

その思いが顔に出ていたのか、オルテウスが僅かに首をかしげる。

「俺が悪い竜だったらどうするつもりだ？　魔力ごとお前を喰らい尽くすかもしれねえぞ？」

「オルはそんなことしないよ」

「本当に？」

オルテウスの瞳孔が狭まり、竜らしい鋭いものへと変化する。それに少しドキッとしたけれど、不思議と恐怖は感じなかった。

（だって、相手はオルだもの）

目は鋭くても、カルディアに触れる手つきはやっぱり優しい。だから彼が自分を傷つけるわけなどないと、確信できる。

「だってオル、私のこと大好きでしょう？　食べてしまったらもうくっつけないし」

「そうだな、それは困る」

「でも魔力ならいっぱいあげる。私がオルにあげられるものは、他にないから」

自分の一部が少しでも彼の糧になるなら、これほど嬉しいことはない。

そんな想いで微笑むと、オルテウスは少し困った顔で目を細めた。

「前にも、お前は俺に同じことを言ってくれたな」

「そうだっけ？」

「ずいぶんと昔だ。お前は覚えてないと思うが、『自分の魔力で良かったら食べて』なんて言い出して驚いた」

喉元から手を放し、代わりにオルテウスはカルディアの唇を爪で撫でる。

「こんな俺に、何かを与えてくれる人がいるなんて思わなかったんだ。だから俺も、お前に与えてやりたくなった」

穏やかな笑みを浮かべたあと、オルテウスは今までで一番優しい口づけを唇に落とす。

「むしろオルは、私に与えすぎだと思う。いつも優しいし、何でもしてくれるし」

だから少しだけ、不安にもなる。

(彼は私の全てになってくれようとしてるけど、私はオルの全てになれるのかな……)

もし彼が本当に竜王だとしたら、彼の周りには自分よりも優れた人間がいただろう。美しい者も、賢い者も、資産や魔力のある者もきっと数え切れないほどいたはずだ。そんな人たちと比べて、カルディアがオルテウスにできることはきっととても少ない。

(それでも私を選んでほしいって思ってしまうのは、我が儘すぎるかな……)

この腕も、笑顔も、視線も、全てを独占してしまいたい。

カルディアの内に芽生え始めた欲望は日に日に強まり、減っていく気がしない。

そのことに気づいてしまった今、カルディアの胸には不安もまた募るのだ。

「やはり不安か?」

押し黙ったカルディアを、オルテウスがじっと見つめる。

「ううん、大丈夫」

気を遣わせてしまったことが申し訳なくて、カルディアは首を横に振った。

(今は、くよくよ悩むのはやめよう。私は私の……オルにできることをしよう……)

そう決めると、心がすっと軽くなる。

「オルの好きにして。魔力だって、欲しいだけあげる」

「……なら、もっと深く繋がりたい。番としてもっと強く、深く」

声の端々から感じ取れる熱情に、カルディアは戸惑う。

魔力を与える行為は今まで何度も行ってきたけれど、きっと彼が望んでいるのはいつもの方法ではないのだ。

どんな方法かはわからないけれど、頷いたら最後、魔力どころか自分の全てを貪られるような気がする。

（でもそれでもいい……。オルになら全部あげたい……）

そんな気持ちで頷くと、カルディアの細い首筋をオルテウスが舐める。竜のときにも同様のことをされたが、そのときとは違い身体がびくりと震えてしまう。

「あっ……オル……。なにか……んっ、変……かも……」

「それが、正常な反応だ」

「でも……アッ……」

「それにこうしておけば、繋がりやすくなる」

首筋を舌先で舐《ねぶ》り、オルテウスの手がカルディアの背中をゆっくりと撫でる。

鎖骨のあたりを唇で吸い上げられ、指先で背骨を撫で上げられると、ゾクゾクとした感覚が芽生えて声も身体も震えてしまう。

「からだ……が……やぁッ……だめ……」

自分のものではないような声がこぼれ、恥ずかしさのあまり口を手で塞ごうとした。

だがその直後、二人を繋いでいた鎖がカルディアの手首に絡まり動きを封じられる。

「声は我慢するな」

「でもっ……」

「魔力の宿った魔女の声は、竜にとっちゃ甘い餌だ。だから何も我慢しなくていい、全部俺が喰らってやる」

宣言通り、オルテウスは嬌声ごとカルディアの唇を奪った。荒々しい口づけはまさしく喰らいつくようで、角度を変えながら何度も唇や舌を吸い上げられ、カルディアの喉からは甘くくぐもった声だけがこぼれる。

とても恥ずかしいけれど、この声すらも欲してくれるなら我慢する必要はないのかもしれない。

「あっ……オル……ッ」

「良い声だ。お前はキスをすると、身体も声も蕩けるな」

「だって……息も苦しくて……」

「苦しいだけか？」

質問と共に優しく唇を啄まれると、答えは否だとすぐわかる。でもそれを口にするのはなんだか恥ずかしくて、カルディアは目を伏せ、小さく首を横に振った。

「返事は声に出してほしいな」

「お、オル……なんだかいつもより意地悪……」

「意地悪な俺は嫌いか？」

「オルのこと……嫌いになんてなれるわけない」

恥ずかしいけれど、キスだって本当はすごく気持ちが良かったのだ。

（キスだけじゃない……私……オルに触られたり舐められたりするの……嫌じゃない）

むしろもっとしてほしいと思ってしまうことに戸惑い、それが拒絶の言葉に繋がるのだ。

そんなカルディアの心を見透かしているかのように、オルテウスがふっと笑みをこぼす。

「そうか。だが嫌われないよう、今夜は優しくしておこう」

キスをしながら、オルテウスは首輪を指先で撫でる。すると二人の間の鎖が消え、手首も自由になる。

「あとこれも必要ない」

指先で示したのはカルディアが身に纏っている服で、さすがに少したじろぐ。

「さっき言ったよな、今更緊張することもないって」

「だけど……」

「お互いの裸なんて、いつも見てただろう」

「でもあなたは鱗に覆われてたし、それに……」

祭壇で見た彼の裸体を思い出した瞬間、顔がカッと熱くなる。

「わ、私は脱いでもいいけど、オルは……そのままでいてくれる？」

「自分が脱ぐのはいいのに、俺が脱ぐのは嫌なのか？」

「オルは私を見慣れてるかもしれないけど……、私はあなたの胸とか腹筋とか慣れてないし、その……」

「怖いのか？」

怖いとは少し違うが、ただでさえ初めての行為の前で緊張している今、彼の身体を直視したら気が変になってしまいそうだった。

「わかった。窮屈だが我慢しよう」

「ありがとう」

「でも譲るのはここまでだぞ」

言いながら、オルテウスの指がドレスのリボンへと伸びていく。

戸惑いはあったが、彼が譲歩してくれているならここは素直に受け入れようと決めて、自ら袖を抜く。そのまま肌着も取り払われ身ひとつになると、震えるほど恥ずかしかったが、オルテウスはひどく満足そうだった。

「ああ、やっぱり綺麗だ」

「そんなことないわ、貧相《ひんそう》でしょう」

「確かに少し細いが、お前の身体の線は好きだ。それに白い肌も、銀色の髪も、星色の瞳も、全部綺麗だ」

まっすぐすぎる賛辞に顔が火照り、居たたまれない気持ちになる。今すぐにでも頭から毛布をかぶってしまいたかったが、それよりも早く、オルテウスに抱き寄せられて毛布の上に押し倒されてしまった。

覆い被さるようにオルテウスの巨体が近づいてきても、最初のときに感じた恐怖はもうなかった。

むしろ彼が自分に口づけたがっているのだとわかると、自然と目を閉じ彼を受け入れてしまう。

唇を何度か啄んだあと、オルテウスの口づけは頬を辿り喉へと下りていく。だがそこで止まらず、彼の唇はカルディアの胸元へと寄せられた。

「あっ……そこも……するの……？」

「胸は嫌か？」

「いやじゃ、ない……」

むしろ胸の頂を舌で舐られると、先ほど感じた身体の痺れに心地よさが重なっていく。

「あっ……やぁ、アッ」

胸の先端を強く舐められ、手で揉みしだかれると、甘い声が自然とこぼれてしまう。

時折ビクンと細い腰を跳ねさせながら、胸への愛撫にカルディアは乱れた。

オルテウスの唇が起《た》ち上がった頂を吸い上げ、時折歯で優しく食んでいく。そのたび彼女の官能の芽は刺激され、腰の奥からじんわりと熱が溢れ始めた。

初めて感じる愉悦の兆《きざ》しに戸惑いながら、カルディアは身体を落ち着かせようとシーツをぎゅっと握りしめる。

だが高まり始めた熱は、どうあがいても冷めてはくれない。

「待って……オル……」

胸を食みながら、ずっと、この瞬間を夢見てきたんだ」

「待たない。ずっと、この瞬間を夢見てきたんだ」

胸を食みながら、オルテウスの手が縋るようにカルディアの身体に触れる。彼の手に肌を撫でられ胸や臀部を強く刺激されると、全身が戦慄《わなな》き甘い声ばかりがこぼれてしまう。

「アアッ、オル……なんだか、変……なの」

「案ずるな」

「でも、身体が……勝手に……」

「番である俺に反応しているだけだ。お前はただ、俺に身を委《ゆだ》ねればいい」

本当にそのとおりなのだろうかと疑う気持ちと、戸惑いを捨て去り思うがまま乱れてしまいたいという考えがせめぎ合う。

「恥ずかしがるな。隠すな。全てをさらけ出し、魂をも重ねるのが魔女と竜だろう？」

かけられた言葉に、カルディアは小さく頷く。

「恐ろしいことはしない。それに、痛くないようにする」

「痛いこと……これからするの……？」

「それほど深く繋がるんだ。だが俺なら痛みを消してやれる」

安心させるようにカルディアの頭を撫でたあと、オルテウスはゆっくりと身体を引く。

それから彼女の細い脚を持ち上げ、膝を立てる形でゆっくりと開かせる。

カルディアは、予想外の行動に驚き目を丸くしたが、落ち着けと言いたげな瞳に射貫かれ、されるがままオルテウスの腕に身を委ねた。

（でも、なんだか……恥ずかしい）

大きく脚を広げられたせいで、カルディアは今オルテウスに恥部をさらす格好になっている。彼はよく服の下に入っていたが、それでもさすがに下着の中まで入り込んだことはない。

「何を……するの？」

「繋がるために、入り口をほぐす。最初は違和感があると思うが、お前の魔力を混ぜるからすぐ心地よくなる」

言うなり、オルテウスは人差し指をカルディアの唇へと近づけた。

指示はなかったが、近づけられた指を自然と口を開けて受け入れる。

「ふ……ッ」

そのまま指先で上顎を撫でられると、ゾクゾクと背筋が震え、立てていた膝から力が抜ける。

「良い子だ。そのまま俺の指に唾液を絡めろ」

オルテウスの指示に、なぜだか嫌とは言えない。

赤子のように指を舐めるのは恥ずかしいけれど、舌を搦めたり指の先端を吸い上げる行為は不思議と心を高揚させる。

そのまま夢中になって舐めていると、ふいにオルテウスは指を引き抜いた。

「ん、あ……ッ」

「そんな物欲しそうな顔をするな。もっと良いところに入れてやる」

唇と指を繋いでいた銀の糸を切り、オルテウスがカルディアの脚の付け根に指を近づけていく。

唾液で濡れた指先で彼が撫でたのは、うっすらと濡れ始めたカルディアの蜜口だった。

唾液と蜜を絡ませるように入り口をゆっくり撫でられていると、カルディアの奥で小さな火花が散った。

「あっ……なに……これ……」

指先が上下に動くたび、身体の奥に隠れていた官能の火がじわりじわりと大きくなる。

「あっ、んっ、オル……オル……！」

カルディアからあふれ出す大量の蜜が、グチュグチュと音を立てながらオルテウスの指へと絡みつく。決して激しい動きではないのに、得も言われぬ愉悦が内側から広がり、カルディアの顔と声は次第に蕩けていく。

「心地いいか？」

「う、ん……」

「そうやって素直によがる姿、悪くねえな……」

一定だった指の動きが、突然激しさを増した。

「……ッ！」

同時に、蜜で濡れていた肉芽を指先でぐっと押され、カルディアは初めて感じる感覚に声にならない悲鳴を上げた。

身体が強張り、シーツを握りしめる指先にさえも甘い電流が走る。

だが刺激はそれだけで終わりではなかった。小さな芽をいじりながら、オルテウスの太い指が、カルディアの入り口をぐっと割る。

男を知らない彼女の中はひどく狭かった。指が入るだけで圧迫感はすさまじく、僅かに腰が引ける。

「大丈夫だ。番のものは、すぐになじむ」

立てた膝の上に優しい口づけを落とし、オルテウスが指を更に奥へと突き入れる。

不思議なことに、彼の言う通り圧迫感はすぐになくなった。彼がゆっくりと指を抜き差しするたび、入り口を撫でられていたときに感じた愉悦がゆっくりと戻ってくる。

「心地よくなってきただろう？」

「うん……あッ、すごい……」

「中で、俺を感じているか？」

「かん、じる……ンッ、ああっ……そこ……」

オルテウスの指を求めるように肉壁がうねる。そうして彼の指を締め上げていると、指先がカルディアの最も感じる場所を軽く抉った。その瞬間、肉芽を刺激されたときと同様の強い悦びが全身を駆け抜けていく。

「ここか」

「だめっ……そこ、すごす、ぎて……」

「嫌ではないだろう？」

素直になれと、オルテウスの声と笑みが催促する。

彼の赤い瞳と見つめ合うと、言葉にせずとも心を見透かされている気がする。ならばもう、自分の気持ちを隠す必要などない気がして、カルディアはこくんと頷いた。

「嫌いじゃ、や、ない……」

「好き、だろ？」

「……好き……ああっ、……す、き……」

淫らな言葉と官能を引き出そうと、カルディアの中をオルテウスの指が探る。その強さはあまりに絶妙で、彼女はあっという間に屈してしまった。

「いい……すきぃ……」

「素直な良い子だ」

褒美を与えるように、中を抉る指が増やされ、隘路を強く押し開かれる。

違和感はあったが、それよりも強い喜悦が溢れカルディアの身体は次第に上りつめていく。

「オル……ああっ、オル……」

「そのまま達しろ。そうすれば、お前は俺を受け入れられる」

かけられた言葉の意味はわからなかったけれど、迫り来る快楽に身を委ねろと言われているのはわかった。

「さあ、可愛い顔を見せてくれ」

激しい愉悦に身を投じるのは怖かったが、オルテウスの言葉がカルディアの理性を押し流す。

いたいけな少女の顔に女の色香が浮かび、その口から甘い嬌声だけがほとばしった瞬間、オルテウスが一際強く肉芽を擦りあげた。

「――ッン、ああああ！」

法悦が弾け、カルディアの理性が白く焼ける。

絶頂の余韻に震える身体は淫らに開花し、カルディアは女として目覚めていく。

「繋がるぞ」

移ろいゆく意識の中、低く甘い声が耳朶《じだ》をくすぐる。

初めての絶頂で力を失ったカルディアの前で、オルテウスがゆっくりとズボンの前をくつろげる。

そこからこぼれ出た彼のものは、あまりにも逞しかった。起ち上がったものは凶器のようで、それを先ほど指でほぐした場所に入れるのだとカルディアは本能で察していた。

（あれが、私の中に……）

普段の彼女なら、たぶん恐れおののき泣きだしていただろう。けれど今は違う感情に支配されていた。

(オルと……彼と……繋がりたい……)

熱に浮かされたように、頭に浮かぶのはそればかりだった。

あの逞しいもので自分を貫いてほしい。指で届かないもっと奥を突かれ、彼に貪られたい。

淫らな気持ちに支配されながら、カルディアは自然と腕を伸ばしていた。

「オル……はやく……」

「ああ。俺ももう待ちきれない」

身を沈ませる身体に腕を回し、カルディアはぎゅっと縋りつく。

恐ろしいと思っていた屈強な肉体も、今はむしろその厚さが心地よい。

(こんなにオルが欲しいのは、番だから……かな)

彼に抱き締められていると、淫らな気持ちの中にふっと優しい気持ちが入り込む。

「繋ぐぞ」

楔《くさび》の先端を襞にあてがい、そのままぐっとオルテウスの腰が沈んだ。

「あっ……ッ!!」

オルテウスのものは、カルディアの中を容易く裂いた。

痛みはないが、破瓜《はか》の証がこぼれシーツに赤い花を咲かせる。

最初の挿入は力強かったが、奥へと進む動きは慎重すぎるほどゆっくりで、カルディアは物足りなささえ感じてしまう。

「オル……もっと……はやく」

「わかっているが、ひどくするとお前が壊れる」

カルディアを見つめる瞳は飢えた獣のように獰猛なのに、言葉はどこまでも優しかった。

「痛みは消しているが、魔法が解けたあとでお前を苦しませたくない」

竜のときと違って、粗野で荒々しい風貌なのに、腰つきも手つきもひどく優しい。その差に心が甘く疼き、肉欲から生まれる悦びとは別の柔らかな気持ちが芽生え始める。

「あなたが、番で良かった……」

胸からこぼれた気持ちが声に滲む。

その瞬間、オルテウスが僅かに目を見張った。

「くそっ、歯止めがきかなくなるようなことを……言うな……」

大きく息を吐き、貪るようにオルテウスがカルディアの唇を奪う。同時にぐっと奥を穿たれ、彼女は彼の全てを呑み込んだ。

「動くぞ……」

短い言葉と共に、オルテウスがゆっくりと肉棒を抜き差し始める。

先ほど差し入れられた指よりもずっと太いが、カルディアの膣は抵抗もなく受け入れ、彼のものを優しく包み込んでいた。

「あっ、いい……んっ」

声に淫らな吐息をのせて、カルディアは思うがまま鳴いた。

もたらされる快楽は、指のときよりももっと強い。でも何よりも心地いいのは、オルテウスとの距離が近いことだ。

身体を重ねながら腰を穿たれると、高まる彼の熱を全身で感じることができる。

僅かに喉を鳴らすばかりで、カルディアのように喘いだりはしないが、オルテウスもまた感じているのだと重なる熱が教えてくれる。

「カルディア……」

人の声で、名前を呼ばれたのは初めてだった。

熱情をはらんだ低く甘い声を聞いていると、なぜだか泣きたいような気持ちになる。

（そういえば私、長い間ずっと、誰にも名前を呼んでもらってなかった……）

母親が死んでから、同族の中でカルディアを認めてくれる者はいなかった。出来損ないと呼ばれることはあっても名で呼ばれることはなく、独り立ちして魔女の里を出てからは名を教え合うほど仲良くなった者もいない。

そんな中、唯一側にいてくれたのはオルテウスだった。

「カルディア……俺だけの魔女……」

きっと彼はずっと、こうして名前を呼んでくれていたのだろう。

でも人の言葉で聞くのと竜の言葉で聞くのとでは、やはりまるで違う。

「オル……オルテウス……」

喜びを言葉にのせて、カルディアも彼の名を呼ぶ。

すると彼女の竜はふっと笑みをこぼし、先ほどより強く楔を突き入れた。

「っあ、ンッ!!」

肌が打ち合う音が響く中、カルディアの身体が熱を高めていく。

「あっ、ああ、また……また……」

絶頂の兆しを感じ、カルディアは髪を振り乱しながら快楽へと落ちていく。

「いけ。俺の腕の中で……果てて堕ちろ……」

余裕のない声と共に、激しい口づけまでもが下りてくる。

先ほどまで優しく丁寧だった彼とは真逆の、荒々しい口づけと腰使いにカルディアは悲鳴を上げたが、それは恐怖から来るものではなかった。

オルテウスがもたらすのは、あまりに激しい悦びだった。全身がバラバラになるようなその激しさの中に、カルディアの心はまさしく堕ちていく。

「果てろッ……!」

腰を突き上げられ、子宮が震えるほどの激しい愉悦が胎内《たいない》で弾ける。

「――ああッ!」

二度目の絶頂に甘い悲鳴を上げながら、カルディアは与えられた快楽を全身で享受する。

そして彼女は法悦の中へと意識を飛ばし、オルテウスと繋がったまま気を失ったのだった。

第三章

「まったく、あのお方は一体どれほどオルテウス様を待たせるおつもりですか!!」

屋敷に響くハインの怒鳴り声に、カルディアはオルテウスの膝の上で苦笑を浮かべる。

怒りに満ちたその声は屋敷の壁や調度品を震わせるほどで、最初に聞いたときは身が竦む思いだったが、それが毎日ともなれば嫌でも慣れてしまう。

(この声を聞くようになって、今日でもう一週間か……)

オルテウスの記憶を取り戻すため、わざわざ王都に出向き家族や知人に会いに来たはずなのに、結局カルディアたちはこの家で長い足止めを食らっている。

城に行けば誰かしらに会えるはずなのに、登城の許可が下りないのだ。

ハインはオルテウスの一番の友であった国王ギリアムに彼のことを伝えたそうだが、何度会いに行っても『今は時間がとれないのでしばし待ってほしい』という返事しかもらえないらしい。

そして相変わらず外出許可ももらえず、そのことにハインは毎日腹を立てているが、当のオルテウスはあまり気にしていないようだった。

「怒鳴ったって仕方ねえだろ。こういうときはのんびり待つもんだ」

「それにしたって進展がないのはおかしいです。もう一週間ですよ」

「竜王が生きていたなんて言われて、はいそうですかと容易く受け入れるわけにはいかねえんだろ。そもそも俺が本物だって証拠もまだねえしな」

「ギリアム様に会われればわかります。彼は私と同じかそれ以上にオルテウス様と行動を共にしていましたし」

「だが今は国王なんだろ？　そんなやつが、竜王を名乗る怪しいやつに簡単に会いに来られるもんか？」

「ですがこの私のお墨付きですよ！」

「お前のお墨付きにどれほどの効果があるんだよ」

「こう見えても、私はオルニア国一の知識人であり、オルテウス様の秘書官だったのです。それにギリアム様とは、生まれた巣が隣同士で幼い頃から交友もあります！」

「肩書きと交友はあっても、人徳がねえんだなきっと」

はっきりきっぱり言い切られ、ハインはがっくりと項垂れる。

さすがに言い過ぎではないかと思ったが、下手に口をはさめば余計に話が拗《こじ》れるのはこの一週間で学んでいる。

ハインは未だカルディアに心を許していないし、フォローの言葉を口にしても、たいていの場合、不機嫌になってしまうのだ。その上オルテウスは食事のときでもカルディアを手放さないほどべったりで、それもまたハインの機嫌を損ねる要因になっている。

「ちょっと、城に行ってギリアム様に直談判してきます」

ついにハインは痺れを切らし、ものすごい勢いで部屋を出て行く。

そうなると、部屋に残るのは二人だけだ。それに気づいてカルディアが僅かに身を強張らせた瞬間、ただでさえないに等しいオルテウスとの距離が限りなくゼロになった。

「邪魔者がいなくなったな」

耳元で囁かれた声に、カルディアは慌ててオルテウスの膝の上からおりようとする。だがそれよりも速く、太い腕に腰をがしっと摑まれる。

「なぜ逃げる」

「だってオル、最近二人きりになるとすぐくっつくし」

「前から俺は常時お前にくっついていただろう」

「でもこれ、くっつくって距離じゃないでしょう！」

膝の上にのせられたあげく、オルテウスの太い腕に抱き締められているこの状況は、彼が竜の姿であった頃とはまるで違う。

その上、気がつけば、彼の手はカルディアのドレスの中へと差し入れられているのだ。

「そ、そうやってすぐ肌に触ろうとするし」

「こんな分厚いものを着ているカルディアが悪い」

「そもそも着せたのはあなたでしょう！」

今彼女が身につけているのは、貴族が纏うような絹製の豪華なドレスなのだ。この屋敷に来た翌日、オルテウスが突然突きつけてきた品物のひとつである。

「こんなドレス分不相応だって言ってるのに。毎朝毎朝着せてくるし……」

「お前は肌も髪も瞳も美しいから、その手のドレスが似合うし可愛いし、そんなお前の姿を見るのが俺の幸せだと言っただろう」

「じゃあ、胸を触ろうとするこの手は何？」

「ドレス姿はものすごく好きだが、お前が感じられなくて落ち着かねえ。この十年間、朝も昼も晩もカルディアの肌を感じて生きてきたから身体が勝手に欲するんだな」

言いつつ、カルディアの頭に頬ずりしてくるオルテウスに呆れ、もはや返す言葉もない。

「叶うことなら裸のカルディアをずっと抱き締めていたいが、他のヤツに肌は見せたくねえし、かといって竜に戻って張り付いてるとハインが滅茶苦茶怒るし」

オルテウスが竜王だと信じるハインには、あの小さくて不格好な姿は受け入れがたいのだろう。彼が竜になるたび『お労しい』と大声で泣き叫ぶため、この屋敷に来てからずっとオルテウスは人の姿で過ごしている。

「やっぱりこんなところ来るんじゃなかったな。森の巣だったら、思う存分好きなようにお前にくっついていられたのに」

「巣にいたとしても、四六時中は無理よ。薬だってそろそろ作らないとお金がないし」

「お前を養えるくらいの金はこっそり貯めてたって言ってるだろ」

「人ひとり養える額を、こっそり貯められるわけないでしょう？　それにもしその話が本当だとしても、私は薬作りをやめるつもりはないの」

商売は苦手だけれど、薬作りはカルディアにとって生きがいなのだ。

植物や薬学の知識を授けてくれたカルディアの母は、ことあるごとに『私の教えは人助けに使いなさい』と言っていた。そんな母との約束を違えるつもりはない。

「もし俺が竜王だったら、城暮らしだって夢じゃないんだぞ？」

「お城暮らしなんて興味ないわ」

「高価な食事やドレスも？」

「食事はオルが作ってくれるものが一番好きだし、ドレスも必要ないわ」

「欲がないな」

「欲はあるわよ。ただ欲しいものが豪華なものじゃないってだけ」

新しい植物を発見したいとか、薬を作るための薬草が欲しいとか、お金では解決できない願いなら沢山ある。

（それに本当は、オルとこのまま今まで通りに暮らしたいって思ってるし）

オルテウスに家族がいるなら会わせたいとは思っていたが、この一週間で何も音沙汰がないことに実は少しほっとしている。

たぶんカルディアは、オルテウスが竜王でなければいいのにと心のどこかで思っているのだ。

（自分だけがオルの家族だったらって、そんなことばかり考えている気がする……）

その願いは日に日に強まり、特にこうして彼に触れられ笑顔を向けられると、卑しい考えばかりが浮かんでしまう。

だから触れあいをほどほどにしたいのに、オルテウスときたら隙あらばカルディアを抱き寄せ、繋がろうとするのだ。

「無欲なのはいいが、俺に関してはもっと欲張りになってくれねえか？」

僅かに目を細め、オルテウスの指がドレスから覗く首筋をそっと撫でる。

それだけで肌が粟立ち、カルディアの体温は上がってしまう。

「だ、だめ……」

「でもお前の身体は期待しているようだぞ？」

「し、してない……」

口ではそう言ったが、オルテウスの指先によって身体の自由が奪われつつあることに、カルディア自身も気づいていた。

この一週間、カルディアとオルテウスは幾度となく身体を重ねた。口づけや愛撫だけのときも含めると、毎日三度以上はオルテウスの手によってカルディアは達《い》かされてしまうのだ。

そのせいか、オルテウスの指が肌を撫でるだけで、身体は淫らな期待を覚えるようになってしまっている。人がいるとまだ自制がきくが、こうして二人きりになり、耳元で甘く囁かれながら触れられると、それだけで身体が疼いてしまうのだ。

「お前は、俺が欲しいはずだ」

「そ、そんなこと……」

「嘘つくな。番のことは何だってわかる」

言いながら、オルテウスはカルディアの唇を指先で撫でた。優しい指使いからは彼女への愛おしさが滲み、ただ撫でられているだけなのに胸が苦しくなる。

身体の疼きと共に、近頃はこうして不自然に胸が高鳴ることも増えた。オルテウスに優しくされたり、彼からの好意を感じるたびに、動悸がしたり胸の奥が苦しくなったりしてしまうのだ。

「なんだかずるい。あなたは私のことが何でもわかるのに、私はわからないなんて……」

「俺のこと、知りたいって思ってくれてるのか？」

「当たり前だよ、オルは大事な家族だし……」

「父親だからって台詞は禁止だぞ？」

オルテウスが嫌そうに眉を寄せる。

「わかってるわ」

最近、オルテウスに感じる気持ちは父親に抱くものとは別なのではと思うようになっている。

父親がおらず、母と過ごした時間も少ないカルディアではあるが、そのときに感じていた気持ちとオルテウスに感じている気持ちは違うということはわかる。

抱き締められると温かな気持ちになるのは同じだが、何かが決定的に違うのだ。

これまで抱いていたオルテウスへの愛おしさもより深くなっているし、最近ではカルディアの方もできるだけ彼と一緒にいたいと思ってしまう。

でもそのことを上手く言葉にできないし、父親と違うといえばそれはそれで「全てになりたい」というオルテウスの願いを無下にしてしまっている気もする。だからこの手の話題になると、カルディアはついつい言葉に困ってしまうのだ。

「本当にわかってるか、確認する」

そしてそのたび、オルテウスは何かに急《せ》き立てられるようにカルディアとの距離を詰めてくる。

「か、確認……？」

「そう、確認」

言うなり、オルテウスはカルディアを軽々抱えあげ、寝室へと向かう。

中に入ってしまえばただでは済まないとわかっていたが、逃げるという選択肢は今のカルディアにはない。

（確かに私、オルが欲しいって思ってるのかも……）

触れてほしいという気持ちを自覚しているから、彼女はオルテウスから逃げられない。

そうこうしているうちに二人は寝室にたどり着き、扉は静かに閉ざされる。

「さあ、俺を見ろ」

「あっ……、ン…オル……っ」

ベッドに横たえられるやいなや強く口づけられ、戸惑いの声は途切れてしまう。

貪るように口づけられ、腰を強く抱き寄せられると、カルディアの吐息は次第に甘く掠れ始める。

「……オル…まって……」

「そんな声で煽られちゃ、待てなんてできねえよ」

服の上から、オルテウスの手のひらが胸の膨らみを撫でる。

カルディアの纏っているドレスは煌びやかではあるが動きやすさを重視したもので、布も薄くコルセットなども巻いていない。そのため服の上からでも、オルテウスの指の動きをしっかりと感じてしまう。

「そこ……やあ」

「そういう声もいけねえな。雄を煽り、理性を殺す声だ」

「でもっ……ンッ、……そこ……いじるから……」

「頂を弄られるのが好きか？」

服を僅かに押し上げる胸の頂を、オルテウスの指先が柔らかくつまむ。

こぼれそうになる声を我慢しながら小さく頷くと、オルテウスはカルディアの先端を指先で軽くはじいた。

「ふあっ……ン……」

何度か刺激を加えたあと、オルテウスはゆっくりと時間をかけ、頂の果実を淫らに育てていく。

時に優しく、時に強く捏ねられると、太い腕に捕らわれたカルディアの腰がビクンと震えてしまう。

「そろそろ、直に触ってほしいんじゃないか？」

「でも……これ以上、されたら……あっ」

「されたら？」

「また…身体が……、変に……」

「変になればいい。それに言っただろう、お前の願いは何でも叶えると」

だとしても、願いを口にするのには戸惑いがあった。

頭にあるのは、裸になりもっと強く胸や身体を触ってほしいという、とてもおかしな願いばかりなのだ。

本来なら竜が魔女を求めるはずなのに、今は魔女であるカルディアが身も心もオルテウスを求めてしまっている。

それは魔女として正しいのだろうかと思う気持ちが、彼女の願いを胸の奥に押し込める。

「お前が願わないなら、ずっとこのままだな」

胸を捏ねる指先の動きが僅かに鈍り、焦らすようにカルディアの官能を刺激する。

同時に首筋に唇を寄せ、もう片方の手で臀部をゆっくりとなぞられると、甘い刺激が広がり、焦れったさに泣きたくなる。

上りつめる兆しをちらつかせながら、カルディアが高みに上りかけると途端に弱まる愛撫を繰り返され、カルディアは焦燥感に身悶えた。

「オル……お願い……」

長く意地悪な愛撫の末に、掠れた声がついにこぼれる。

「願いは決まったか？」

こくこくと頷きながら、カルディアはじっとオルテウスを見つめる。

瞳を潤ませながら、彼女はオルテウスのシャツをぎゅっと握りしめた。

「オルに……触ってほしい」

「今も触っているだろう？」

「は……肌に直接が……いいの」

一度あふれ出すと、言葉はもう止まらなかった。

「どこを触られたい？」

「胸を……」

「そこだけか？」

「オルの手で、身体中……」

「いいだろう。ちゃんとねだれたご褒美に、沢山甘やかしてやる」

妖艶な笑みをこぼしながら、オルテウスはカルディアの身体を引き起こす。

それから、果実の皮をむくようにゆっくりとカルディアから衣服を剝がし、長い愛撫で汗ばんだ肌を露わにさせた。

「まだ直接触ってねえのに、ずいぶん濡れてるな」

下着を取り去ると同時に、オルテウスの指がカルディアの濡れそぼった秘部をなぞる。

「あっ……そこは……」

「ここも、触ってほしいんだろう？」

投げかけられた質問に、カルディアはこくんと頷く。

「ほしい……すごく……」

「なら叶えてやる。だがその前に、俺も少し食べていいか？」

「た、べる……？」

「カルディアの甘い香りがきつすぎて、喰らわずにはいられない」

引き起こした身体を再びベッドに押し倒すと、オルテウスは彼女の腰を持ち上げ脚を開かせた。

ひっくり返った蛙のような体勢にさせられ、恥ずかしさに身体が震えるが抵抗はできない。

それに、体位を変えさせられたのは、まだほんの序の口だった。

オルテウスは見せつけるように突き出された腰にぐっと顔を近づけ、濡れる蜜口に唇を寄せたのだ。

「オル……それ、はっ……アッ」

やめてと言おうとしたが、蜜をかき回す舌先が言葉と理性を吹き飛ばす。

「アあッ……オル……オルッ……ッ」

蜜が滴る襞をかき分けられ、熟れた肉芽を舌で撫でられた瞬間、遠ざかっていた絶頂の兆しが目の前に現れる。

焦らされ、快楽に焦がれていた身体が、もたらされた刺激に屈するのはあまりに早かった。

「もう、魔法は必要ねえな」

上りつめていくカルディアに気づいたのか、オルテウスが唇を離す。

刺激が遠ざかったことで少しだけ理性は戻ったが、身体の熱は冷めず、むしろ刻一刻と高まっていく。

「オル……もっと……」

「指でするか？　それともこのまま？」

オルテウスは、カルディアの蜜で濡れた唇を舌で軽く舐め上げる。

僅かに見えた彼の舌先が自分の中を抉る様を想像した瞬間、カルディアは無意識にオルテウスに手を伸ばしていた。

「そのまま……して……」

「なら、仰せのままに」

ふっと笑みを浮かべ、伸ばした手をオルテウスが掴む。

それから彼は身体を再び沈め、カルディアの入り口を舌でぐっとこじ開けた。

「あっ……くっ、ン……！」

グチュリと音を立てながら、肉厚な舌がカルディアの膣を押し広げる。

僅かな圧迫感はあったが、舌を抜き差しされるたびに愉悦は高まり、得も言われぬ心地よさにカルディアの相貌《そうぼう》が甘く崩れる。

「いい……、アッ、……ああ」

呼吸が乱れるのに合わせてオルテウスの舌使いも激しさを増し、カルディアは目に涙を浮かべながら甘い悲鳴を上げた。

（また……あれが……きちゃう……）

絶頂の訪れに僅かに身体が硬くなったが、それもつかの間だった。

「ああっ、ン――――!!」

カルディアが最も感じる場所を探り当てられた瞬間、法悦の波が訪れ、身も心も呑み込まれてしまう。

待ちに待った絶頂はあまりに激しく、全身がバラバラになるような衝撃に苛まれる。

頭の天辺からつま先まで甘美な痺れに支配され、カルディアは肌を震わせながらただただ愉悦に溺れていた。

「満足するには……まだ早いだろ？」

遠くにあったオルテウスの顔が、絶頂に堕ちたカルディアの瞳を覗き込む。

「これから、もっと気持ちよくしてやる」

ぐったりと横たわるカルディアの腹部にそっと手を置き、オルテウスが浮かべたのは捕食者を思わせる微笑みだった。

「さあ、もっと可愛い顔を見せてくれ」

「……ンッああッ」

「そして喰わせてくれ、俺だけの魔女を、その全てを……」

再開された愛撫によって再び熱が高まっていくのを感じながらも、それを止める術はない。止める気持ちも今はなかった。

「私を……食べる……の？」

「ああ」

肯定と共に微笑んだオルテウスの口元から、竜の姿のときに見える牙が覗いていた。人の肌など容易く食いちぎれそうな鋭さである。

「それが……オルの、望み……なの？」

「ああ。俺の望みだ」

向けられた笑みの中に、ほんの一瞬だけ熱情とは別のものが宿る。

（……オル、なんだか少し悲しそう……）

目の錯覚かと思うほど一瞬だったけれど、鋭い眼差しに宿ったのは悲しげな色だった。

なぜそんな目をするのかはわからなかったけれど、もし悲しい気持ちがあるのだとすれば、それを消せるのは自分だけだという予感を抱く。

だからカルディアは微笑み、小さく頷いた。

「私も……オルの望みは何でも叶えたい……」

たとえあの牙に喰らいつかれても、あの悲しげな顔が消えるなら構わないと今は思えた。

（いや、そもそもオルは……絶対にそんなことしない……）

鋭い牙も爪も、自分を傷つけることには使わない。

番であることとは関係なくそう思えるからこそ、身も心も彼にさらけ出せるのだ。

「私でいいなら、好きなだけ食べて」

「そんなことを言うと、本気で喰っちまうぞ？」

「オルになら、食べられてもいい……」

だからもう悲しい顔をしないでほしいと思ったが、いざオルテウスの牙が迫ると身体は僅かに震えてしまう。

それを察したのか、オルテウスは大きく息を吐き出し、牙を隠す。

「喰らうのも良いが、今は鳴かせるだけで我慢するか」

「……ッあ……」

「その声が嗄れるまで、今夜は俺がよがらせてやる」

冗談ではなく、彼は本気で朝までカルディアを犯すつもりなのだろう。

でもそれを拒む気持ちはカルディアにはなかった。

「……オル……」

再び始まった愛撫に身を任せながら、カルディアはゆっくりと目を閉じ、己の全てをオルテウスに委ねたのだった――。

＊＊＊

（ううう、結局またされるがままになってしまった……）

オルテウスの腕に抱かれたまま、カルディアはベッドの上に力なく横たわっていた。

その横では、オルテウスが幸せそうに微笑んでいる。

「そんな顔するなよ。気持ちよかっただろう？」

「……気持ちよすぎるから困るのよ。それに朝からあんな……」

「いつどこででも、魔女を甘やかして気持ちよくさせるのは番の役目だ」

「……でも限度ってものがあると思う……」

確かに竜は魔女の世話を焼きたがるというが、ここまでする竜は希《まれ》な気がする。

「むしろ全然甘やかしてやれてねえだろ。本当ならもっとデートしたり、デートしたり、デートしたりしてえ」

「デートがしたいのはわかったけど、それと甘やかすのって関係あるの？」

「ある。デートで溺愛は女の子の夢だろ」

「そうなの？」

デートをしたいとも溺愛されたいとも思ったことがなかったので、カルディアは思わず首をかしげる。その途端、オルテウスはよしっと膝を打つ。

「わからないなら試してみよう」

「でもハインさんは外に出るなって……」

「そう言ってもう一週間だぞ」

どうやらオルテウスは相当退屈しているらしい。

「それにこのまま屋敷に籠もっていても、記憶は戻らねえだろ？」

記憶のことを持ち出されると、カルディアは何も言えない。そもそも記憶を取り戻し、オルテウスの家族に会おうと言い出したのは自分なのだ。

「俺の記憶、戻ってほしいんだろう？」

問いかけに、カルディアは思わず言葉が詰まる。

戻ってほしいと思っているつもりだったのに、戻ったあとのことを考えると不安と戸惑いが消えない。

（でもこのままでいいなんて言えるわけない……）

我が儘な番だと思われたくない。そんな気持ちからカルディアは小さく頷く。

「なら俺と出かけよう。こうして、繋がったままな？」

言いながら、オルテウスが二人を繋ぐ鎖を出現させる。

「まさか、このままなの……？」

「実を言うとずっと楽しみだったんだよな。鎖に繋がれたまま、ペットのように連れ歩かれるのが」

「そっ、それって楽しみにすること……？」

「魔女の竜にとってはこれ以上ないご褒美だぞ！」

その断言が冗談であればいいのにと思ったが、オルテウスの恍惚とした表情から察するに、本当に嬉しいらしい。

（でも、こんなに大きくて大人な男性を鎖で繋いだまま歩くのって……やっぱり変よね）

何より、目立つことこの上ない。

カルディアは縋るように、オルテウスの纏うシャツをぎゅっと握りしめた。

「外に出るのはいいけど……ひとつだけお願いをしても良い？」

「ひとつと言わず何でも聞いてやる」

「本当に？」

「俺は、番との約束を簡単に違えるような情けない雄じゃねえぞ！」

そう言って笑顔を浮かべるオルテウスは上機嫌だった。

それにほっとしつつ、彼女は『お願い』という名の交換条件を口にしたのだった。

＊＊＊

（わかってはいたけど、やっぱり不機嫌になっちゃった……）

カルディアの前を歩くオルテウスは、約一週間ぶりに竜の姿をしていた。

その背中から立ち上る怒りをひしひしと感じつつ、カルディアは王都の裏通りを歩いている。

人の少ない通りなので、その点ではとても歩きやすく周囲の景色を見る余裕もあるが、オルテウスのことが気になりすぎてのんびり観光する気になれない。

二人が今歩いているのは、教会が建ち並ぶ街の西側だ。竜王は宗教に寛容で、地域信仰や他の大陸からの宗教を弾圧することはなかった。

だからこの地区には古今東西の建築様式で作られた寺院や教会が建ち並んでおり、まるで異国に迷い込んだかのような気分になる。

そんな中を、オルテウスは脇目もふらずスタスタと歩いていく。

目的地を教えてもらう前に『竜になって』とお願いしてしまったため、彼がどこへ向かっているかはわからない。だが今更聞いても『ぐべぇ』としか返ってこないだろうし、きっと彼には何か考えがあるのだろう。

そう自分に言い聞かせながら小さなオルテウスに続いて歩いていると、彼は一際大きな教会の前でふと足を止めた。

小さな目が仰ぎ見ているのは、大理石で作られた見事な教会だ。巨大な鉄の扉には立派な竜の模様の装飾がなされ、天高くそびえる鐘楼や丸屋根の先端にも竜の像がいくつも設置されている。

「ここって、もしかして竜王オルテウスを祀った教会？」

だろうなと言うように、オルテウスがぐべぇと鳴いた。

「なら、ここに入ってみない？」

途端に、オルテウスがものすごく嫌そうな顔をする。

「でも、ここに来たかったんじゃないの？」

『ぐべ』

違うというように尾をしならせ、彼が指し示したのは少し先にある屋台だった。

どうやら奥には食べ物の屋台が並んでおり、そこでの食事が本来の目的だったらしい。

(オルって信心深いタイプじゃないから、何でこんなところをって思ってたのよね)

そんなことを考えながら、カルディアは腰から銅貨をだし、オルテウスの頭にのせる。

「じゃああなたは食事をしてきて。私は、そこの教会を見てくるから」

『ぐべべっべ』

ものすごく嫌がっている気配はしたが、ここまで来たのに入らずに帰れるわけもない。

「オルテウス様の教会ってあまり入ったことないし、ちょっとだけ」

『べっ』

嫌だと言わんばかりにそっぽを向かれ、カルディアは苦笑する。けれどカルディアも引く気はない。

「気が乗らないのなら私ひとりで行ってくるわね」

良い子にしていてねと言いながら、カルディアは二人を繋ぐ鎖を消そうとする。

だがそれよりも早く、オルテウスが銅貨をパクッと咥え、教会へと続く階段をよじ上り始めた。

たとえ気が向かない場所でも、離ればなれになるよりはマシだと思っているらしい。

その様子に「ありがとう」とお礼を言いながら、カルディアはオルテウスを抱え上げた。

彼を抱いたまま二十段ほどの階段を上り、開かれた扉から教会の中に入ると、内装の美しさに思わず目を奪われた。

教会の内部には巨大な竜が飛翔する様を描いた立派なステンドグラスが並び、そこから入る光が礼拝堂を美しく照らしている。

ステンドグラスは竜王の誕生から死までを描いたものになっているようで、その下では人々が熱心に祈りを捧げている。

（でもこのステンドグラス、近くで見るとなんだか少し怖い）

八枚のステンドグラスを用い、竜王の生誕と成長、そして王になり死んでいく姿が表現されている。どれも美しいものではあるが、その全てに赤い鮮血と死の影が見え、カルディアの背筋はぞくりと震えた。

——幼き神は、母の腹を食い破り、血塗られた争いの地にて生まれ出る。

——生まれた神は野蛮な始祖竜を喰らい、天高く飛翔する。

——神は我々のために蛮族を滅し、天と地を赤き血の色に染める。

ステンドグラスに書かれた文字を読み進めるにつれ、カルディアの心は重くなる。描かれているのはどれも、争いと死にまつわるシーンばかりだ。竜王の牙と爪は常に血に塗れ、その足下には無数の骸《むくろ》が転がっている。

竜王オルテウスが強い竜であったこと、同族や蛮族との戦いで勝利を得て竜王となったことは知っていたが、それがこんなにも血塗られたものであったとは知らなかった。

(『そしてついに、神はこの世の不浄をその身に背負い、地に腐り堕ちる』……か)

教会の中ををぐるりと回り、全てのステンドグラスを見終わるころには、カルディアの気持ちはすっかり落ち込んでしまった。

「何で、こんなに悲しい場面ばかりを飾るのかしら……」

『ぐべ』

「……それは死こそが、竜王オルテウス様の本質だからですよ」

独り言のつもりだったが、カルディアの声に答えた者がいた。

驚いて振り返ると、そこには四十代半ばほどの法衣姿の男が立っていた。角や鱗はないのでどうやら人間らしい。

「驚かせてすみません。熱心に見ていらっしゃったのでつい」

男はそう言うと、感じの良い笑みを浮かべる。その物言いと服装から、相手がこの教会の人間であるとわかり、カルディアも会釈をした。

「その装いは魔女とお見受けしましたが、この教会は初めてですか？」

「ええ。竜王オルテウスについて、知りたいと思って参りました」

「でしたら丁度良い時期に来ましたね。建国記念日が近いので、竜王様に関連する品々が、この教会でも多く公開されているんですよ」

そう言って男が指し示した先には、竜王を模した彫像や絵画が置かれていた。だが遠目に見ても、それらもまた重く暗い雰囲気であるのがわかる。

「あの、竜王オルテウスを描いたものは悲しい場面ばかりなんですか？」

「悲しいかどうかは捉え方次第です。死と破壊は生の始まりでもあり、喜ばしいことだというのが我が教会の教えです」

男の言葉に、肩にのっていたオルテウスが『うんざりだ』と言わんばかりの顔でぐべぇと鳴く。カルディアはその口をとっさに塞ぎ、黙るようにと視線を投げた。

男はそのやりとりをじっと見つめ、僅かに目を細める。

彼の眼差しに不気味な圧を感じ、カルディアは慌ててごめんなさいと呟いた。

「謝ることはありません。争いが減った今、教会の教えを理解しない者が多いのは事実ですから」

すぐさま感じのいい笑みに戻り、男は悲しげな声で告げた。

「特に争いを知らぬ若い竜には、オルテウス様の偉大さはわからないのでしょう」

わかってないその竜こそ、オルテウス本人かもしれないとは口が裂けても言えず、カルディアは曖昧に笑って誤魔化す。

「ですがいずれ、人も竜も理解する日が来るでしょう。死と破壊――その象徴である竜王オルテウス様こそが神であり、唯一無二の王であると」

それから男は竜王を称える祈りの礼を捧げ、ゆっくりとした足取りで教会の奥へと去っていく。

その姿を見送ってから、カルディアはもう一度オルテウスの死を描いたステンドグラスを仰ぎ見た。

「神様か……」

彼が言う通り、オルテウスのしたことを思えば神と称する気持ちもわからなくはない。特に竜王の荒々しい側面は恐怖と神々しさを併せ持ち、絶対的な力を崇拝したくなる気持ちはわかる。

「でもやっぱり、死とか破壊に関することばっかりなんて、寂しいよね……」

どうせ後世に伝えるなら、もっと竜王の善行や良い面にすればいいのにと思わずにはいられない。

そしてその気持ちはオルテウスも同じなのか、彼はつまらなそうな顔で『ぐべぇ』と鳴き声をこぼす。

「ごめんね。暗いものばかりで、きっと気が滅入ってしまったわよね」

気にするなと言うようにオルテウスは肩を竦めていたが、もしかしたら彼はこの教会のことを知っていたのかもしれない。

（自分のなくした記憶が良いものばかりじゃないって、きっとオルは察していたのね……）

だから教会にも入りたがらず、記憶にも興味がないと言っていたのだとカルディアは今更のように気づく。

未だに彼の家族や知人が現れないのも、もしかしたらこの重く暗い過去と関係があるのかもしれない。だとしたら、安易に記憶を取り戻そうと言ったのは、オルテウスにとってはさぞ負担だったことだろう。

（私ってどうしてこう考えなしなのかしら……）

番の掟や仕組みをよく知らずに儀式をしたり、記憶が戻るのは良いことだと勝手に思い込んだり、改めて考えると自分には軽率な点が多すぎる。

それでよくこれまで生きてこられたなとため息をついていると、突然頬に何か冷たいものが押しつけられた。

驚いて視線を下げると、頬に当たっていたのはオルテウスが咥えていた銅貨だ。

それでグリグリと頬をくすぐりながら、オルテウスが笑うように目を細めている。

それから彼は、空腹を訴えるように前足で自分のお腹を撫でている。

（もしかして逆に、気づかわせちゃったかな）

愛らしい姿にほっとする反面、彼の気づかいを感じて申し訳なさも覚える。

だがいつまでも落ち込んでばかりはいられない。むしろ自分が彼を気づかわねばと思い、カルディアは銅貨に手を伸ばした。

「――おい、さっさとずらかるぞ！」

だがそのとき、カルディアは教会の奥から走ってくる二人組の男と鉢合わせる。

進路を塞がれた形になり、カルディアが慌ててたたらを踏んだ直後、更にもうひとり、カルディアの前に女が現れた。

「お願いです……その子だけは……！」

「どうせすぐ死ぬ不浄なものだろ。それを代わりに売り払ってやるんだからありがたく思え」

言い争う声が少しずつ大きくなり、男のひとりが女を乱暴に突き飛ばす。

その途端、女とは別の悲鳴が教会内に響く。

（あれは、子供……？）

声の方へと視線を向けると、男のひとりが人間の姿をしている小さな竜の子供を抱えていることに気づく。

男たちは倒れた女を飛び越え、逃げるように教会を出て行こうとする。

「まっ、待って!!」

思わず声が出たことに、カルディアは自分でも驚いた。

それは男たちも同じだったようで、カルディアをいぶかしげな顔で振り返る。

その顔を正面から見たカルディアは、男たちが竜であることに今更気がついた。

彼らの頭には小さいが角があり、土気色の顔には所々鱗が見える。

「……お前、魔女か？」

男たちが、カルディアの銀髪とローブをじっと見つめた。彼らは警戒心を強めたが、カルディアが抱いているのが小さな竜だとわかった瞬間、嘲るような笑みを浮かべる。

「魔力も竜も、ずいぶんちっぽけな魔女だな」

威圧的な表情に、カルディアは小さく震える。

先ほどは勢いで声をかけてしまったが、こちらを見つめる竜たちは体格も立派で顔立ちも厳めしい。

何より、口からこぼれた大きな牙が恐ろしくて身体の震えが止まらなくなるが、もはや後の祭りである。

（で、でも、この状況を黙って見過ごすわけにはいかない……）

身体の震えは止まらないが、男の腕の中でぐったりしている子供を見て逃げだしたい気持ちを抑え込む。

「そ、その子をどこに連れて行くつもりですか……」

震えながらも何とか声を絞り出すが、竜たちはそれを無視して歩きだそうとする。

「もしかしてあなたたち、人さらい……なんですか？」

「だったらどうするつもりだ？」

尋ねられて、カルディアは言葉に詰まる。

（……確かに、どうすれば良いんだろう）

子供が連れ去られてしまうと、そればかりが気になって、どうやって取り返すかまではまったく考えが及んでいなかった。

とにかく止めなければとは思ったが、それができる腕力も魔法もない。

「それとも、お前も俺たちにさらってほしいのか？」

竜たちが振り返り、値踏みするようにカルディアを見た。

「魔女は高価だというし、なかなか可愛い顔をしているからいい金になるかもな」

子供を抱えていない方の男が、下卑た笑みを浮かべながらカルディアの方へとゆっくり近づいてくる。

オルテウスとの生活で大柄な男性には大分慣れたと思っていたが、間近に迫る竜の鋭い牙や爪は恐ろしくて、カルディアは直視することさえできない。

「その魔女は俺のだ」

だがその直後、男とカルディアの間に大きな影が割り込んだ。

カルディアをかばうように立ち塞がったのは、見覚えのある広い背中だった。

「少し離れてろ。すぐ追っ払う」

チラリとカルディアを窺い、微笑んだのはオルテウスだ。彼の余裕に満ちた表情を見ていると安心感が芽生え、カルディアは小さく頷く。

「俺の魔女に手を出そうとした罪は重いぞ？」

オルテウスの言葉に気分を害したのか、竜たちが荒々しく牙をむく。

威嚇《いかく》の動作にカルディアは思わず身を竦ませたが、オルテウスの背中は揺らがなかった。

どこまでも余裕のある態度が竜たちを更に怒らせたのか、低い咆哮と共にダッと地を蹴る音がした。

直後、ひとり目の竜がオルテウスの目の前まで迫っていた。

あまりの速さに、カルディアは大きく息を呑む。竜の身体能力が人より勝っているのは知っていたが、脚力ひとつとっても尋常ではない。あっという間に間合いを詰めた竜は、鋭い爪を容赦なくオルテウスに振り下ろした。

「オル!!」

だがそれを、オルテウスは避けなかった。

身体を動かすそぶりさえしないオルテウスを見て、カルディアは悲鳴を上げる。

けれど振り下ろされた爪が彼を傷つけることはなかった。代わりに倒れたのは、オルテウスに襲いかかった方の竜である。

激痛を堪えるように喘ぐその姿に驚き、オルテウスの背中越しに窺えば、彼の右手の爪は無残に砕け、指がいくつかあらぬ方向に曲がっていた。

一方オルテウスの顔には、傷はもちろん赤みひとつない。

「今度はこちらの番だ」

言葉と共に軽く腕を引くと、オルテウスは自分を仰ぎ見る竜の頬に拳をたたき付けた。

見た目以上に重い一撃だったのか、鱗と骨が砕ける嫌な音と共に竜は壁際まで殴り飛ばされる。

「その爪が俺に通るか、お前も試してみるか？」

血のついた拳を軽く振りながら、オルテウスがもうひとりの竜に尋ねる。

僅かな間のあと、竜が選んだのは逃走だった。

子供を放り出し、脱兎のごとく逃げていく竜をオルテウスは追わない。代わりに、彼はカルディアをゆっくりと振り返る。

「まったく、無茶なことするんじゃねえよ」

怒りを帯びた声にびくりと肩を震わせ、カルディアはオルテウスを仰ぎ見る。

自分を見下ろすオルテウスの顔には、今し方殴り飛ばした竜の返り血がついていた。

その相貌の恐ろしさに息を呑むのと同時に、先ほど見た血塗られた竜王の姿とオルテウスの顔が一瞬重なる。

「おい、聞いてるのか」

言葉を失ったまま立ち尽くしているカルディアに、オルテウスの声から怒りが消える。

「おいっ、どうした？　大丈夫か？」

言葉が重なるにつれ、彼の声には情けない程の焦りが滲む。

「だ、大丈夫。ただあの、頬に血が……」

「ああ、少し強く殴りすぎたかもしれん」

「もしかして、殺したの……？」

「手加減はしたつもりだ」

服の裾で乱暴に血を拭いながら、オルテウスが倒れた竜を蹴る。すると僅かながらも呻き声が響いた。

カルディアがほっと息を吐くと、オルテウスもまた脱力したようにその場にしゃがみ込む。

「ったく、ああいう場合は見過ごせよ」

「だ、だってそんなことできないよ……」

「お前は妙なところで度胸があるから、心臓に悪い……」

「ごめんなさい。ただ、子供が危ないって思ったらいても立ってもいられなくて」

「気持ちはわかるが、俺がいないときは絶対やるなよ」

「わ、わかってるよ。それよりほら、あの子を見てあげなきゃ」

言いながら、カルディアはしゃがみ込んでいる子供へと駆け寄った。

オルテウスもそれに続こうと立ち上がったが、彼が側に来るより早くカルディアが慌てて彼を振り返る。

「待って、来ないで！」

子供に大きな怪我は見られなかった。だがそれよりもっと大きな問題を彼が抱えていることに気づいてしまったのだ。

「来ないでってどういうことだよ」

「とにかくオルは、急いで人間のお医者さんを呼んできて」

「人間？　竜の医者じゃ駄目なのか？」

「駄目なの。この子は竜には見せられない」

言いながら、カルディアが触れたのはどす黒く変色した子供の手だ。

（この手触りと匂い、間違いない……）

「まさかそいつ……」

「たぶん、腐竜病に感染してると思う」

カルディアの言葉に、オルテウスは全てを察したようだった。

「すぐ連れてくる」

そう言って駆け出す背中を見送りながら、カルディアは子供の手をぎゅっと握る。

「あ、あの……その子は……」

倒れていた母親がゆっくりと起き上がった。

そこで初めて、カルディアは母親の手足もまた黒く変色していることに気づく。

「あの、お二人はいつから病に？」

尋ねると、母親は僅かに表情を強張らせる。警戒されているとわかり、カルディアは持っていた鞄から薬の瓶をとりだした。

「私、薬師なんです。それに母が昔、腐竜病の研究をしていて……」

「じゃあもしかしてお薬をお持ちなんですか？」

期待の籠もった眼差しに、カルディアは申し訳ない気持ちで首を横に振った。

「ごめんなさい、治す薬はなくて……。でもあの、症状を抑える薬なら何とか作れると思います」

確か母の残した手記にはその製法が書いてあったと思い出し、カルディアは告げる。

その途端母親は今にも泣きだしそうな顔で、カルディアに深々と頭を下げた。

「それならあるだけ売ってくださいませんか？　私たちの他にも同じ病の竜が沢山いるんです」

母親の言葉にもちろんだと頷きつつ、カルディアは彼女とその子供に目を向ける。

二人の病状はまださほど深刻ではない。だがこの病はひどく厄介なものなのだ。

（それに、かかった竜が沢山いるって、ものすごくまずいんじゃないかしら……）

腐竜病――。かつて竜王の命を奪ったとされる病の詳細を思い起こしながら、カルディアは嫌な予感と大きな不安を抱いていた。

第四章

　腐竜病という名の病が世に広く知られるようになったのは、竜王オルテウスの死がきっかけだった。

　竜のみに蔓延するその病は、血肉と骨を腐らせ、感染した竜を死に追いやる。未だ治療薬はなく、感染力も強いため患者を隔離する他に対処法がない難病だが、発生は希なため少し前までは医師でさえその存在を知らぬ者が多かった。

「しかしまさか、王都で腐竜病の患者が見つかるとはな」

　がらんとした病室の中、古びたベッドに寝転がりながらこぼしたのはオルテウスだった。

　子供を診療所に運んだあと、カルディアとオルテウスもまた病院の一室に隔離されたのだ。

　人であるカルディアは問題ないが、竜であるオルテウスは感染の可能性があると判断されたからである。

「こりゃあ大騒ぎになるだろうな」

「ずいぶん暢気だけど、オルは怖くないの？」

「怖い？」

「腐竜病に感染しているかもしれないのよ？」

「もしかして、心配してくれてるのか？」

ガバッと身を起こし、オルテウスは嬉しそうにカルディアを見つめる。相も変わらず暢気な様子に呆れながらも、カルディアは彼に近づいた。

「当たり前でしょ。もし腐竜病だったらオルは……」

病の兆しがないかと、カルディアはベッドに軽くのりオルテウスの肌を検分する。

「俺は大丈夫だよ」

「でも腐竜病は感染力が強いっていうし……」

「だが、一度かかったら二度とはかからない」

オルテウスの言葉に、カルディアははっと気づく。

「そうか、竜王オルテウスは腐竜病で死んだってことになってるんだ」

「でも生きてるってことは、俺はもう治ってる。だからもうかかる心配はねえだろ？」

オルテウスの言葉に安心し、カルディアはぎゅっと彼の身体にしがみつく。途端にオルテウスが、嬉しそうにカルディアを抱き返した。

「安心しろ、俺は簡単には死なねえよ」

言葉と共に、カルディアの髪を大きな手のひらがゆっくりと撫でていく。

そうされているとひどく心地よくて、彼女は自然と目を閉じた。

「……病院でっていうのも、いいかもな」

だが次の瞬間、甘く囁かれた声ではっと我に返る。

「あの、それってまさか……」

「俺が考えていること、段々わかるようになってきたみたいだな」

「だ、駄目だよ……！　絶対駄目！」

「少しくらい良いだろ？　隔離ってことはしばらく誰も来ないんだし」

「来るよ！　ハインさんあたりが絶対来る！　それもすごい恥ずかしいタイミングで来る気がする」

実際、二人で抱き合っているところに乗り込まれたのは一度や二度ではない。所構わずカルディアを抱き締め愛撫するオルテウスにも原因はあるが、ハインの方も妙に間の悪いところがあるのだ。

抱き合い身を寄せ合っている今の状況だって、端から見たら色々問題だと思っていると、案の定聞き覚えのある声が廊下の向こうから響いてくる。

まずいと思い、カルディアはオルテウスから離れようとするが、ハインもまた人ならざる身体能力の持ち主である。

声が遠くから聞こえたと思った直後、ドアと周囲の壁をぶち破る勢いで、ハインは病室へと駆け込んできた。

「お前は本当によく壁を壊すな」

オルテウスのつっこみが響いた瞬間、中へと入ってきたハインの目に涙が浮かぶ。

「ご、ごぶ……じで……」

「俺が竜王だって言ったのはお前だろ」

「ですが……病気だと…言われて……わたじは……」

せっかくの美形が台無しになるほど涙と鼻水を垂れ流すハインに、カルディアとオルテウスは同時に苦笑する。

「ハインさん、オルのこと大好きなんだね」

「うっとうしいほどな」

どこかうんざりしたような声を出しつつも、その場にしゃがみ込んで泣き続けるハインを放ってはおけなかったのだろう。

彼はカルディアから手を放し、ベッドをおりる。

だがハインに近づく間もなく、彼は不自然に歩みを止めた。

「オル？」

違和感を覚えて、カルディアはオルテウスを窺うが、彼は何も言わなかった。

「……なるほど、ハインの話は本当だったか」

代わりに響いたのは別の男の声だった。

深く広がりのある声はハインのものではなく、カルディアは怪訝に思いつつ声の主を探す。

「最強とまでうたわれた王が、今や魔女の犬とは哀れな」

号泣しているハインの背後、壊れた扉に身体を隠すようにして立っていたのはひとりの竜だった。

声と背格好から男だろうとわかるが、目元までを黒い布で覆っているため顔はよくわからない。

だが、さりげない仕草や口調からは高貴さが溢れ、古い診療所の中にその姿はひどく浮いていた。

「久しいな……と言っても、あなたは私を覚えていないか」

どこか鋭い眼差しと声が、まっすぐオルテウスへと向けられている。

対するオルテウスの表情はカルディアからは見えないが、広い背中はいつもと変わりなくまっすぐ伸びている。動揺も戸惑いも見えず、それがカルディアは少し不思議だった。

（オルの知り合いっぽいけど、やっぱり覚えてないのかな……）

だから反応も少ないのだろうかと考えていると、男がゆっくりとオルテウスへと近づいてくる。それに合わせて素早く反応したのはハインだ。彼は慌てて立ち上がると、涙をふきながら深々と腰を折る。同時に、カルディアにお辞儀をしろと視線で促した。

（もしかして、ものすごく高貴な方なのかしら）

だとしたら自分の体勢は失礼だと気づき、カルディアは慌ててベッドから離れる。

「頭を下げる必要なんてねえよ。どうせ今はお忍び中だろ」

そう言って、カルディアを止めたのはオルテウスだった。それから彼はカルディアの腕を摑んで引き寄せ、腕の中に閉じ込める。

「少しは、私のことを記憶しているらしいな」

「記憶はしてねえが、あんたが高貴な竜だってことは気配でわかる」

「だが頭は垂れぬと？」

「俺は竜王なんだろ？　なら俺は、誰にも頭を下げないはずだ」

オルテウスの発言は失礼極まりないものだが、竜は鋭い目を楽しげに細めた。どうやら笑っているらしい。

「ハイン、お前の話は本当だったらしい」

「だから何度も申し上げたでしょう。オルテウス様は生きていらっしゃると」

「お前は寝ても覚めてもそればかりだからな。まさか本当だとは思わなかった」

「では、信じて頂けますね」

「信じよう。そこの竜は、我々の王だ」

断言する言葉に、カルディアは息を呑む。

(我々の王ってことは、やっぱり……)

自分の番は正真正銘、本物の竜王オルテウスなのだろう。

ハインの話を聞いたときからその予感はあったが、たぶんカルディアは心のどこかで違ってほしいと思っていた。だから力強い断言に心が乱れ、慌ててオルテウスの腕を押しのけてしまう。

「逃がさねえよ」

だがそのとき、ぞくりとするほど鋭い声が、カルディアの耳元で響く。

驚いて顔を上げようとしたところで、一度解けかけた腕が、先ほどより強くカルディアを捕らえた。

「俺はお前らの王じゃねえ。ここにいる、可愛い魔女の番だ」

オルテウスの言葉で、竜の目がカルディアへと注がれる。

鋭い視線に射貫かれ、彼女は竜と無言のまま見つめ合った。

「弱い魔女だな」

「いや、俺の番は誰よりも強い魔女だ」

「だから犬になったのか？」

「犬じゃねえよ、番だ番」

そう言いつつ、オルテウスがカルディアの頭を撫でる。

竜王だと断言されてもなおいつも通りの彼に呆れると同時に、少しだけほっとする。

そして今更のように、カルディアは竜に向かって深々と頭を下げた。

「カルディアと申します。ご指摘通り、私は魔女です」

魔力は少ないですがと言葉を継げば、竜はなるほどと言いたげに頷いた。

「お前が、王を拾ったのか」

「竜王様だとは知らなかったのです。ハインさんに言われるまで、まったく気づかなくて……」

「ということは、ハインにのせられて確認のために都へ来たのでは？」

「その通りです」

「……なるほど、それだと筋は通るか」

どこか含みのある言い方に、カルディアは違和感を覚える。

それはオルテウスも同じようで、彼は僅かに顔をしかめた。

「何が言いたい」

「都に戻った理由は、本当にそれだけか？」

「そりゃあどういう意味だ？」

「何か別の理由があって、この地を訪れたのではないのか？」

「理由って何だよ」

「それはお前たちが一番よくわかっているだろう」

言葉と同時に、竜はオルテウスとカルディアを睨む。

「お前たちも見たと思うが、都では最近とある病が流行っている」

「まさか、その原因がオルテウス様だと言いたいのですか？」

声を張り上げたのはハインだった。泣いたせいで少し掠れた声に非難の色をのせ、竜を睨み付ける。

「腐竜病で死んだはずの王が戻ったのと同じ時期に、都で王を殺した病が流行り始めたのだ。疑われても仕方あるまい」

「オルテウス様の病は完治しております。病気になったのももう十年も前の話ですよ！」

「そもそもの原因も詳細もわかっていない病だ。それに腐竜病が治った例など、聞いたことがない」

　ハインはぐっと言葉を呑み込んだ。

　けれど彼の言葉を聞いていたカルディアは、「違います」と声を張り上げた。

「病が治った例は、少数ですがあります。私の亡き母が、手記にそう書き記しているのを見ました」

「お前の母は医者か？」

　竜の問いかけに、カルディアは首を横に振った。

「医者ではありませんが優秀な薬師でした。母は治らないからと医者に見放された竜たちを診ていて、その中には生き延びた者もいると言っていました。あと、完治したものは二度同じ病にかかることはなく、その後は普通に生活できると」

「だから、王が病の原因ではないと？」

「はい、ただの偶然だと思います」

　断言すると、竜はじっとカルディアを見つめる。

　その眼差しの鋭さに臆しつつも、オルテウスにあらぬ疑いをかけられぬようにと、カルディアは竜の目を見つめ続けた。

「嘘ではないようだな」

「俺の魔女は嘘なんてつかねえよ」

「だが、その言葉を信じぬ者もいると覚えておいた方が良い」

カルディアから視線を外し、竜はきびすを返す。

「誤解と争いを生みたくないのなら、お前たちはすぐに都を出よ。竜王は病で死に、もはやこの世にはいないのだ」

それだけ言い置いて、竜はその場をあとにする。

「待ってください、それはどういう意味ですか！」

そう言ってハインもまた竜を追いかけて出て行くが、オルテウスはその場から動かない。

代わりに彼は、カルディアを先ほどよりも強く抱き締めた。

（さすがに、いきなり出て行けって言われてオルもショックだったのかしら）

素性はわからないが、竜はようやく現れた知人のようだった。それなのに、冷たい態度をとられてさすがにショックなのかと思い、カルディアは慰めの言葉を探す。

「よし、じゃあ言われた通りに帰るか！」

だがその直後、オルテウスの口からこぼれたのはすがすがしいほど明るい声だった。

驚いてオルテウスを仰ぎ見ると、彼は嬉しそうな顔でカルディアを見下ろしている。

「これで気兼ねなく、俺たちの巣に帰れるな」

「で、でもオルはそれでいいの？」

「俺がオルテウスだって確証も得たんだからもう満足だろ」

「でも、ここに来てまだ家族や友達と会ってないじゃない」

「そんなのいねえって、お前も薄々気づいてるはずだ」

オルテウスの言葉に、カルディアは口をつぐむ他ない。

確かにオルテウスに面会を申し出る者が誰一人いない状況に、違和感は覚えていた。そしてその理由にも薄々察しはついていたが、それを口にできるはずがなかった。

（でも本当に王様なら、誰かひとりくらい……）

そんな思いもあり、帰りたがるオルテウスを引き留めていたが、教会のステンドグラスや装飾にも彼の家族や友人は描かれていなかった。

「それに、あんな偉いヤツに帰れって言われたら帰るしかねえだろ」

「あの人、やっぱり偉い人なの？」

「あいつたぶん、今の竜王だぞ」

「それって、まさか竜王ギリアム様!?」

カルディアが驚くと、そこでなぜかオルテウスが首をかしげる。

「そんな名前だったか？」

「名前を知らないくせに何でわかったの？」

「オーラっていうか、雰囲気っていうか」

ものすごく漠然とした回答だが、彼が普通の竜でないことはカルディアも何となく気づいていた。とはいえもちろん、相手が王だとは思ってもみなかったが。

「彼に関する記憶、もしかして思い出したの？」

「はっきりとではないが、気配は覚えてる気がする。竜王の右腕だった男らしいしな」

「でもハインさんとは違って、あの人オルに冷たい感じだった……」

「ハインが異常なんだろ。それに王ならなおさら、今の自分の地位を脅かすような奴が戻ってきて喜ぶわけがねえ」

「そんな理由で、オルにあんな態度をとったのだとしたらひどい……」

「それが普通だろう。それに下手に歓迎されるよりよっぽど良い」

心の底からそう思っているのか、オルテウスは笑顔のまま言い切る。

「今日だって、出しゃばるなって俺に釘を刺しに来たんだろう。そうじゃなきゃ、こんな場所にわざわざ出向いてこねえはずだ」

オルテウスはそう言うが、カルディアは彼の言葉がにわかには信じられない。

「本当に、釘を刺すだけだったのかしら……」

「他に理由があるか？」

「ここには腐竜病の患者もいるでしょう？　そんなところに王がわざわざやってくるかなと思って」

オルテウスのためなら自分を顧みないハインならともかく、あの様子だとお付きの人もいないようだし、釘を刺すためだけにやってくるだろうかと思わずにはいられない。

だがオルテウスはギリアムの行動にとことん興味がないのか、カルディアが考え込むのを邪魔するように頭に顎をのせてくる。

「ともかく、帰れって言われたんだから帰ろう」

「だけど……」

「今すぐ帰るぞ。俺も色々限界だし、早くしないとここで襲いそうだ」

にやりと笑うオルテウスの顔には既に熱情の灯がともり始めていて、カルディアは渋々ながらも彼の提案に同意するしかなかった。

「でっ、でも、そういうことするのはもうちょっと待って」

「何でだよ」

「薬を作りたいの。あのお母さんに約束したし」

「……お前、竜王であるこの俺にお預けを食わせる気か？」

「竜王だったら、病気の国民より自分を優先しろなんて言わないよね？」

「俺は心が狭くて民のことも顧みない竜王だったかもしれない」

教会のステンドグラスを見ただろうと言われたが、カルディアは少し悩んだあと首を横に振った。

「あれはそういう場面だけを切り取っているだけよ。オルは優しいし、絶対そんなことしない」

笑顔で言い切ると、オルテウスはうんざりした顔で「はいはい」と力なく呟いた。

＊＊＊

竜の熱冷まし。白銀草。サフラン。妖精の涙。マンドラゴラの根をひと欠片。

亡き母の美しい字で綴られた薬の材料を目で追いながら、カルディアは温かな夕日が差し込むガラス張りのサロンでフラスコを軽く振る。

巣に帰ろうと言い張るオルテウスを説き伏せ、薬の材料を手にオルテウスの屋敷へと戻ってきたのは昼時。それから半日ほどかけて、カルディアは小瓶三十本分の薬をようやく作り終えた。

(でもこれじゃあ到底足りないよね……)

薬はひと瓶で二週間しかもたないし、病院で聞いた話では街には既に四十人ほど腐竜病に冒された竜が確認されているらしい。

(可能ならもっと作りたいけど、もう材料もないし……)

素材に使う薬草のほとんどは一般にはあまり流通しておらず、取り引きをしているのは主に魔女だけだ。

大きな街だから探せば取り引きをしてくれる魔女もいるだろうが、カルディアの顔を見てきっと良い顔はしないだろうし、下手をすれば割高な料金を請求されかねない。

（そもそも手持ちも少ないし、困ったなぁ）

このところ商いをサボっていたので、懐具合《ふところ》は正直かなり寂しい。それに素材代が高くなればその分薬代を上げねばならなくなるが、あの親子は見るからに貧しかった。

いっそ無料で配りたいところだが、それだと肝心の薬が作れなくなるという状況である。

薬の横に財布の中身を広げ、その少なさにカルディアは力なく項垂れる。

（この薬じゃ病を治すこともできないし……）

病の特効薬であれば身を切ってでも薬を作るが、今カルディアが作っているのは症状を抑える効果しかない。そして残念ながら、腐竜病を研究していたカルディアの母の手記をいくら見ても治療薬に関する記述は何も見つからなかった。

病が治った竜もいるという記載はあるが、どう治ったのか、どんな治療を試したのかは書かれていない。

（でもオルは治ったんだし、何か方法はあるはずよね……）

そんなことを思いながら、カルディアは窓辺に置かれたソファに寝転がり、うたた寝をしているオルテウスを窺う。

置かれたソファは広めのものだが、大柄なオルテウスには少し小さいようで、窮屈そうに身体を丸めて眠っている。

その表情は普段と変わりなく、健康的な顔色を見てカルディアはほっとする。

やはり腐竜病は一度かかると再発はしないらしい。

(それにしても、オルはどうやって治したのかしら)

腐った部位を切り落とすという治療法があるとは聞いたが、それを実践したのだろうかと興味を覚える。

同時に、カルディアの中に小さな疑問がひとつ生まれた。

(そういえばオルの記憶って、一体どこからないのかしら)

竜王時代のものがないのだとしても、病気に関する知識はありそうな雰囲気だった。しかしそれなら、薬を作るカルディアに助言なりしてくれても良さそうなのに彼は何も言わない。

(オルが自分のことを喋らないのは、何も覚えていないからよね……)

もし覚えているなら、それは彼がカルディアに隠し事をしていることになる。

そうだと考えただけで胸が僅かに痛み、カルディアは慌てて思考を止めた。

(嘘はつかないって言ってくれたし、病のこともちゃんとは覚えてないだけよ)

嘘はつかないとオルテウスが告げたときのことを思い出し、芽生えた疑問に蓋をする。

それから、オルテウスを起こさないよう注意を払いながら、彼の側にしゃがみ込む。

彼が覚えていないなら、病のことは身体に聞くのが一番だと思ったのだ。

(結構熟睡してるみたいだし、今ならシャツを脱がせても気づかないかも……)

昔からオルテウスは寝付きがよく、うっかりカルディアが踏み潰しかけたときでさえ爆睡していた。ならばシャツを脱がせるくらいで目覚めたりしないのではと思い、カルディアはそっと胸元に手をかけた。

手始めに胸元の紐を緩め、襟元をはだけさせる。

「な、何をなさっているのですか!!」

しかしその直後、悲鳴にも似た声がカルディアの背後から響いた。

声につられて振り返ると、そこにいたのはハインである。その上彼の後ろには来客らしき人影まである。

「いや、あの、やましいことは何も……!!」

言い訳をするが、どう見てもカルディアがオルテウスの服を脱がせようとしていたのは明白である。その上、右手はシャツを摑んだままだったので、怪しいことこの上ない。

「が、学術的な意味で調べようとしていただけです！　本当にやましくないんです！」

「ですが脱がせようとしていましたよね」

「してません」

「いや、してただろ」

カルディアの否定を打ち消す低い声に、彼女の身体がびくりと震える。

「してたよな？」

どこかからかうような声はオルテウスのものに間違いなかった。泣きたい気持ちでカルディアが彼の方へと目を戻すと、甘い瞳が彼女をバッチリ捕らえている。

「も、もしかして起きてたの……？」

「ハインが来なきゃ、最後まで脱がせてもらえたのに」

「ぬ、脱がしてない！」

「人の胸元を覗き込んでおきながら、その言い訳は苦しいぞ」

「ち、ちょっと見るだけのつもりだったの……」

「ちょっとと言わず、しっかり見ればいい」

言いながらシャツを脱ごうとするオルテウスに、カルディアは慌てて腕に縋りつく。

それに合わせてハインもまた駆け寄り、彼の側に膝をついた。

「オルテウス様の美しい肉体はこの世の宝ですよ！　むやみに晒してはなりません！」

「別に減るもんじゃねえだろ」

「減ります！　もっと出し惜しみしてください！」

ハインの言葉にうんざりしつつもオルテウスが抵抗をやめたので、カルディアはひとまずほっとする。

そのとき、部屋の入り口の方で小さな咳払いがひとつこぼれた。

そういえば他にも誰かがいたことを思い出し、カルディアはものすごい早業でオルテウスの服を整え立ち上がる。

「あっ……」

思わず驚きの声がこぼれたのは、立っていたのが見覚えのある男だったからだ。

「聖竜教会の長をしております、フェリンと申します」

そう言って深々と頭を下げたのは、教会で解説をしてくれたあの男だった。

「先ほどは、オルテウス様とそのお連れ様とは知らず出しゃばった真似を……」

「い、いえっ！　色々と不勉強だったので、解説ありがとうございました」

カルディアは礼を言うが、そのやりとりを眺めていたオルテウスはどこか面白くなさそうな顔でハインを見つめる。

「教会のヤツなんて連れてきていいのか？　ギリアムには俺のことは口外するなって言われてんだろ？」

「ですが彼がオルテウス様を王都から追い出そうとしている以上、教会を味方につけねば」

「出ていけというならそれでいいだろ。今更死人が出しゃばったってロクなことになりゃしねえ」

「いいえ、それは間違っております」

オルテウスの言葉をはね除けたのは、ハインではなくフェリンだった。

彼はオルテウスの前で膝を折り、尊いものを見つめる眼差しで彼を仰ぎ見る。

「死から蘇ったからこそ、あなたほど王に相応しい竜はいないのです」

「たまたま運が良かっただけだ」

「いいえ、あなた様は不死身なのです。何せ、死の病さえあなたを殺せなかった」

「それはこいつの母親が治してくれたからだっての」

うんざりした声をオルテウスがフェリンに返す。

だがその言葉にハインは心を動かされた様子はない。むしろ側で聞いていたカルディアの方が「えっ」と驚きの声を上げる。

「オルは、お母さんの患者だったの？」

投げかけた質問に、オルテウスの顔がしまったというように歪む。

その顔を見た途端、先ほど感じた不安がカルディアのもとへと舞い戻る。

（じゃあやっぱり、オルは病気のときの記憶があるのね……）

オルテウスと腐竜病の関係を知ったときから、母の患者だったのではと考えたことはあった。それならば、幼い頃に自分と会ったという話にも繋がるからだ。

そのことが、なぜだか無性に悲しかった。番なのに彼に信頼されていなかったのではと、

（会ったのに、何も言ってくれなかったんだ……）

そんな思いまで胸に芽生えてしまう。

「患者だったなら、オルはお母さんのことも知ってたんだ……」

「今は、そんな話どうでも良いだろ」

何気ない言葉だったが、それがカルディアの不安と落胆を更に大きくする。

「どうでもよくないよ。会っていたなら、そう言ってくれても良かったじゃない」

「言わなかったのは……知ってると思ってたからだ」

「だとしても、お母さんのことや病気のこと、もっと詳しく話せたでしょ？」

「だから、覚えてねえんだよ……」

どこまでもオルテウスは歯切れが悪い。だからこそカルディアはそれは嘘だと確信する。

「嘘はつかないって言ったのに……」

「嘘はついてねえよ。ただ言わなかっただけだ」

「でも隠し事をするのは、嘘と一緒だよ」

言えたことも言わないし、大切なことも何ひとつ伝えない。

今までは言葉の喋れない竜だったから容認できたが、人になってから日も経っていることを思うと、あえて言わなかったとしか思えない。それどころか彼にはずっと言う気もなかったのが窺えて、カルディアはひどく悲しくなる。

「そんな顔するな。俺は本当に記憶が……」

「でも忘れたのは全部じゃないでしょ？」

言葉を詰まらせ、オルテウスは気まずげに視線を逸らす。

それが、何かを隠したがっているときの仕草だとカルディアにはわかった。それがわかるくらい長い時間、カルディアは彼と一緒に過ごしているのだ。

「……少しひとりにして。オルもハインさんたちと話があるだろうし」

「俺はお前と一緒にいる」

「私は一緒にいたくない」

いつになく強い口調で言い返すと、オルテウスの目が見開かれる。

驚きと悲しみに揺れる眼差しを見て、言い過ぎたとカルディアは思った。

けれど謝罪の言葉を紡ぐより早く、オルテウスの手が痛みを伴うほどの強さで彼女の肩を掴んだ。

「そんなこと、二度と言うな！」

声と共に、オルテウスの眼差しが鋭くなる。瞬時に驚きから怒りへと変わった表情には恐ろしささえ感じるが、一方的な命令にカルディアは素直に従う気はなかった。

「オルが約束を破るなら、私だってあなたの言葉には従えない……」

謝るはずだったのに、気がつけば先ほどよりはっきりとした拒絶の言葉が口からこぼれていた。

オルテウスは再び驚きの表情を浮かべ、ぐっと歯を食いしばる。

「……そうやって俺を拒絶するから、何も言えなかったんだろ」

絞り出すような声と共に、オルテウスが突然身をかがめた。

その直後、カルディアの首筋に痛みが走り、声にならない悲鳴を上げる。

噛みつかれたのだとわかった瞬間、全身に鳥肌が立ち、思わずオルテウスを乱暴に押しのけていた。普段の屈強さが嘘のようにすぐさま彼は離れたが、首筋の痛みはなおも続いていた。

「……そんなに嫌なら、離れてやるよ」

謝罪の言葉もなく、オルテウスは口元についたカルディアの血を乱暴に拭い取ると、

荒々しい足取りで部屋を出て行った。

それにフェリンが無言で続き、部屋にはハインとカルディアだけが残された。

「い、行かせて良いのですか？」

「いいも何も、こんなひどいことをされて追いかける気になりません……」

首を押さえながらそう言うと、なぜだかハインはひどく取り乱す。

「ですがあの、その首の傷は……その……」

彼は何か言いかけたが、口をつぐんだ。それから持っていたハンカチをカルディアの傷口に当てると、小さなため息をつく。

彼にありがとうとお礼を言ってから、カルディアは僅かに視線を下げた。

「……でも、ハインさんもほっとしましたよね……」

「ほっと……？」

「たぶん私、オルに嫌われました」

カルディアが彼の牙を怖がっていたことを知りながら、あえて首筋に傷までつけたのだ。

それは彼の怒りと嫌悪の証に違いない。

「ねえハインさん。……オルは昔のことを、どれくらい覚えていると思いますか？」

尋ねると、ハインは少し考え込む。

「確証は持てませんが、全てを忘れたわけではないのだろうと思うときがあります」

「私もさっきの言葉でそう気づいたんです。なのに何で、隠すんだろう……」

すると、ハインは何か言いたげな顔で、カルディアと彼女の首の傷を見る。

だが結局彼は、言おうとした言葉を呑み込んだようだった。

「とにかく、オルテウス様のことは私たちにお任せください。本来の地位も記憶も、取り戻してみせますので」

力強く言うと、ハインもまたオルテウスを追って出て行く。

それを見送りながら、カルディアは先ほどまでオルテウスが横になっていたソファに力なく座り込む。

(本来の地位と記憶か……)

それを取り戻したら、やはりオルテウスは王に戻るのだろうか。

そうしたら自分はどうなるのだろうかと、カルディアはぼんやり考える。

王に戻ったとしても番の絆は消えない。だから彼との絆も変わらないと思っていたけれど、カルディアは段々とそれが信じられなくなってきた。

(オルが人になっただけで私たちの関係は大きく変わってしまったんだもの。竜王になったら、もう一緒にはいられないのかも……)

今のオルテウスならあっけなく別離を受け入れるかもしれないと思いながら、首の傷を手で押さえる。

気がつけば血も止まり、痛みももうない。むしろ噛まれたところからは温かささえ広がり、カルディアは少し不思議に思う。

だがその理由を深く考える気力も今はなく、カルディアはオルテウスの温もりが残るソファに横になり、ゆっくりと目を閉じた。

第五章

オルテウスとの別離が思いのほか早く訪れそうだと気づいたのは、その翌日のことだった。

オルテウスと出会ってから初めて彼女は彼と別々に眠り、目が覚めると、屋敷は見覚えのない竜や人間たちで溢れていたのだ。

「皆、信頼の置ける私の部下です」

そう話したのはフェリンで、屋敷にやってきた者たちのほとんどは教会の法衣を纏っている。

そうした者たちがオルテウスの警護と世話をすることになったらしく、カルディアは側に近づくことさえできなくなってしまったのだ。

王であることを知らなかったとはいえオルテウスを番にしてしまったカルディアのことを、周りは快く思っていないらしく、明らかに彼女は警戒されていた。

こうなるとカルディアからオルテウスに近づくのは難しいし、オルテウスも昨日のことで彼女に腹を立てているのか、部屋から一歩も出てこないという有様である。

一晩経つと昨日は自分も言い過ぎたと反省の気持ちが生まれていたが、謝罪をする機会もこの分だとしばらく訪れないだろう。

ならば居心地の悪い屋敷に籠もっているのも無駄な気がして、カルディアは昨日作った薬を診療所に届けるため外に出ることにした。


(もう春も終わりなのに、なんだか今日はすごく寒い……)

防寒性の高い魔女のローブをすっぽりかぶり、カルディアはひとり白い息を吐きながら通りを歩いていた。

この時季は天候も良く、気温も高くなり始める時季だというのに、今日は空を分厚い雲が覆っていて真冬のような寒さである。

そのせいで行き交う人々の足取りは速く、大通りともなると人通りはいつも以上にせわしないため、カルディアはそれについていくのがやっとだった。

(さすがに昼過ぎは人が多いな……)

時折人とぶつかったり、睨まれたりしながら歩いていると、身体だけでなく心までもが冷えてきて、カルディアは身体を小さくする。

そして今更のように、こうしてひとりで街を歩くのは初めてだと気がついた。

それまではいつもオルテウスが側にいてくれたし、人混みで酔いそうになるたび彼が助けてくれた。

それがなくなることがどれほど心細いのか思い知らされる。

(だめだ、ちょっと休憩しないと……ひとりじゃもう無理……)

結局診療所までの道のりの半分も行かないうちに、カルディアは人の波に酔ってしまった。

このままでは倒れてしまう気がして、仕方なく裏通りへ逃げ込む。

ひと気のない路地で息を整えていると、自分の情けなさに泣きたくなるが、帰るわけにもいかない。

かといってすぐに動くこともできず、カルディアは凍える身体を擦りながら暗がりにしゃがみ込む。

(私って、オルがいないと何にもできないんだな……)

改めて自分がどれほど彼に依存していたかを痛感する。

二人はほぼ離れることなく一緒にいたのだ。彼のありがたさをわかっていたつもりだったが、こうして一人きりになってみると自分は理解が足りていなかったと思い知る。

(でももう、手遅れなのかな)

ひとりにしてと言ったのはカルディアだし、オルテウスは彼女を嚙んで傷つけた。あれは彼の怒りと拒絶の証に違いなく、今更どの顔で彼に会えば良いのかもわからない。

かといってこのまま一生ひとりかもしれないと思うと、寒さとは別の震えがこみ上げてくる。

(オルがいなくなったら、私、今度こそ永遠にひとりぼっちだ)

そしてひとりぼっちのまま生きていけるのだろうかという考えが浮かんだが、答えを探す気力もなく、カルディアは思考を止めた。

(今は診療所に行くことを考えよう。せめてそれくらい、ひとりでできないと……)

そのためにも気分を変えようと、普段人混みに酔ったときにオルテウスが嗅がせてくれるラベンダーをカルディアはそっと取り出す。

だが香りを吸い込もうとしたとき、ラベンダーとは別の強い花の香りが彼女の鼻孔をくすぐった。

その香りはカルディアの嗅ぎ慣れたもので、つい鼻をヒクつかせてしまう。

(これ、魔女の使う香《こう》かしら……)

香りにつられて恐る恐る路地裏から顔を出せば、カルディアと同じ魔女のローブを纏った少女の一団が側を通り過ぎ、一軒の商店へと入っていくのが見えた。

(そういえばこの辺、魔女の店があるんだっけ)

詳しい場所は知らなかったが、たぶん少女たちが入った店がそうなのだろう。

他の魔女たちと関わるのは少し気まずいが、懐かしい香りを嗅げば少しは気持ちが落ち着くかもしれない。それに薬の材料もあるかもしれないと思い、カルディアは店に入ってみることにした。

「ねえ、早く魔石を譲ってよ!!」

だが中に入り、カルディアは後悔する。

扉を開けると、中は多くの魔女でごった返していた上に、どうも様子がおかしい。

「私たち、このまま死にたくないの！」

「だからあるなら出してちょうだい！」

魔女たちは買い物に来た雰囲気ではなく、店の奥に座している年老いた魔女に何やら怒鳴っている。でも何よりおかしいのは、魔女たちの傍らに竜がいないことだ。

自分たちのように喧嘩でもしたのと思ったが、さすがに全員がそうだなんて、そんな偶然はないだろう。そう思って様子を窺っていると、魔女のひとりがこちらを振り返った。

「もしかして、カルディア？」

名を呼ばれて、カルディアはとっさに頷く。それにつられるようにいくつかの顔が振り返り、彼女は慌てて頭を下げた。

名前は覚えていないが、彼女に目を向けているのはカルディアと同じ頃に里を出た魔女たちだ。小さな頃にカルディアをいじめた顔もあり、少し気まずい。

「ご、ご無沙汰してます」

同年代だが、昔の癖でつい敬語で話してしまう。すると幼い頃から変わらない意地悪な顔で、魔女たちはカルディアを取り囲んだ。

「あんたも一応は一人前の魔女になれたみたいね」

カルディアの腕にはめられた番の証を、魔女たちはじっと見つめている。

「ねえ、あんたの竜は人の姿になってもやっぱり不細工だった？」

「そうに違いないわ。だから連れずに歩いてるのよ」

「いや、もしかしたらもう死にかけてるんじゃない？」

三人から矢継ぎ早に嫌みったらしい声をかけられ、カルディアは臆してしまう。

だが「死にかけてる」という単語が気になり、彼女は意を決して口を開いた。

「オルは元気です。今は別々ですけど」

「じゃあ、逆にがっかりしてるんじゃない？　不細工な竜と縁を切れる良い機会なのに、それもできなくて」

「縁を切る……？」

首をかしげると、魔女のひとりが声を潜める。

「最近竜の死病が流行っているみたいなのよ。だからみんな、番を解消したくて気が気じゃないってわけ」

「死病って、もしかして腐竜病のことですか？」

カルディアが尋ねると、魔女たちは頷く。

「でもあの、どうして解消なんて……」

「そりゃあ番のままじゃ竜と一緒に死にかねないからよ。相棒とはいえ、病気の巻き添えで死ぬなんてごめんだわ」

その言葉に同意し合う魔女たちの姿に、カルディアは信じられない気持ちになる。

「でも番って、そう簡単に解消できるものじゃないですよね？」

「あんた、相変わらず何も知らないのね……」

呆れた声と眼差しとを魔女たちはカルディアへと向ける。

「特別な魔石があれば解消なんて簡単よ。魔石を魔女か竜のどちらかが砕けばそれで終わり。ただ魔石は使い切りだから、どの店も在庫切れでみんな困ってるってわけ」

実際に病にかかった竜はまだいないようだが、もしものときのためにと魔女たちは魔石を求めてこの手の店を巡っているらしい。

「でも本当にそんなに簡単なんですか？　絆を消すほどのものなら、何か代償がありそうですけど……」

「もちろんあるわ。絆が解ければ魔女は魔法を使えなくなるし、竜は魔女との記憶を失ってしまうんですって」

それはとても恐ろしい代償のように思えたが、魔女たちが気にしている様子はない。

「けれど、次の番を見つければ魔法はすぐに使えるようになるし、たいしたことじゃないわよね」

「それに記憶が消えるのは、むしろ都合が良いわよね。下手に縋りつかれない方が良いし、ひとりでいれば代わりの竜はすぐ見つかるだろうし」

軽い口調で喋りだす魔女たちに、カルディアは啞然とする。

(記憶まで消えてしまうのに、それでも良いって本気で思っているの……？)

番という関係を簡単に解消できるという話にも驚いたが、何よりも魔女たちの考えの甘さがカルディアは信じられなかった。

「驚いてるけど、あんただって竜の巻き添えで死ぬのは嫌でしょう？」

確かに死の恐怖を抱く気持ちはわかるが、普通は関係の解消より病をどうにかしようと考えるものではないか。

だが魔女たちの様子を見る限り、そうした考えを持つ者はいないらしい。店員が店の奥から番の解消に使うらしい魔石をとってくると、カルディアの側にいた魔女たちを含め皆、石を求めて群がっていく。

運良く店には在庫が沢山あったようだが、もし石が足りなければ暴動にでもなりそうな勢いだった。

「あんたも石目当てかい？」

魔石を手にした魔女たちが店を出て行ったあと、店主がカルディアに尋ねた。

その手にはひとつだけ石が残っていたが、カルディアはいらないと言おうとした。

（……でも、必要になるときが来るのかしら）

否定の言葉をとっさに飲み込んだのは、首の傷が僅かに疼いたからだった。

このまま関係が修復せず、もしオルテウスが竜王として再び認められることになれば、きっとカルディアの存在はオルテウスの邪魔になるに違いない。

「もし欲しいなら、八十五バイスだよ」

店主が口にした値段は、屋台で売っている安価な宝石と大差ない金額だった。

よく見れば魔石と言ってもさほど価値があるものではないのだろう。

（番って、こんなに簡単に切れてしまえる関係だったのね……）

一生続く絆だと思っていたけれど、カルディアが考えているよりずっと、番という関係は軽いものだったのかもしれない。

ちっぽけな指輪一個分の価値しかないのなら、すぐさま解消しようと思う魔女たちの価値観の方が正しいのかもしれない。

そして自分も、いつまでもそれに縋りつくわけにもいかないのかもしれないと考えながら、カルディアはそっと石に手を伸ばす。

（——でもやっぱり、できない）

しかし触れる寸前で、手を止めた。

自分が彼と離れたくないという思いもあるが、それ以上に番という特別な関係を自分ひとりの考えで解消することはしたくないという気持ちがあった。

（代償に記憶まで失ってしまうなら、ひとりじゃ決められない）

番は二人でひとつ。だからここでカルディアがひとりで魔石に手を伸ばすべきではない。オルテウスも同意し、彼の意思も確認した上で番の解消について考えるべきだと思った。

「魔石はいりません。代わりに、薬草を見せていただけますか？」

言葉ではっきり告げると、心の中の迷いがすっと消えていく。

すると店主である魔女はにやりと笑い、それからカルディアの首筋に目を向けた。

「まあ、あんたたちにはいらないだろうねぇ」

「え？」

「ん？　あんたそれの意味を知らないのかい？」

そこで魔女が指さしたのはカルディアの首の傷だ。

「これが、何なんですか？」

「知りたいなら六バイスだよ」

怪訝な顔をしたカルディアを見た途端、店主は古びた本をカウンターの奥から引っ張り出してくる。

表紙には『番との上手な付き合い方』という題名が、魔女たちにしかわからない古代の言葉で書かれていた。

「お、お金はとるんですね……」

「知識は時に金より重要だろう？」

商売上手な店主に呆れながらも、結局カルディアは好奇心に負けたのだった。

＊＊＊

『ちょっと出かけてきます』

あまりにも短すぎる置き手紙にオルテウスが気づいたのは、既に日も傾き始めた頃のことだった。

今日は朝からハインにやたらと纏わり付かれ、代わる代わる現れる教会の人間たちにあれやこれや質問され、オルテウスはすっかりうんざりしていた。

それでもカルディアのもとに逃げなかったのは、昨日のことを反省していると態度で示すためだったが、それは間違いだったと思い知る。

「俺に一言も言わず、外に出たのか……」

昨日の出来事を思えば、そうする理由はわかる。だがわかっていても、置いていかれたという事実は彼をひどく動揺させた。

出会ってからずっと、出かけるときは絶対に二人一緒だった。「オルテウスがいなければどこにも行けない」とカルディアに言われ、その言葉に何度喜んだかわからない。

なのにひとりで行ってしまったのだと気づいた瞬間、オルテウスの思考は停止し足下が崩れていくような錯覚と共に、身体からも力が抜けていく。

そのまま、側のベッドに力なく腰を下ろした瞬間、「ひぃ」という情けないハインの声が横から響いた。

「な、何に落ち込んでいるかはお察ししますが、お気持ちをお鎮めください」

慌てた様子でハインに肩を摑まれ、オルテウスは彼をギロリと睨む。

「お前、カルディアが出かけたことを隠していたな」

「い、いいえ、私は何も知りませんでした。だからそのお手紙をお渡しするため、飛んできた次第で……！」

「ならなぜそんなに震えている。俺に嘘がばれ、引き裂かれるのを恐れていたんだろ」

「わ、私はオルテウス様に嘘など申したことはございません！」

今にも泣きださんばかりの顔を、オルテウスはじっと見た。

（確かにこいつは、俺に嘘はついたことがないな……）

それでも何か裏がありはしないかと目をこらしたオルテウスは、震えるハインの唇から白く息がこぼれていることに気がついた。

「お前、ずいぶん寒そうだな」

「他人事のような顔をなさらないでください！　全部オルテウス様のせいでしょう！」

言われてようやく、窓の外へと視線を向ける。すると外は、先が見えないほどの吹雪であった。

「お忘れかもしれませんが、オルテウス様のお心は天を左右するのです！」

気分が良ければ空は晴れ、ときに星さえも降らせるが、気持ち次第ではすさまじい悪天候をもたらすのだとハインは震えながら説明する。

「あなた様の気分が優れない日は世界が凍えたものですが、今日ほどひどい日は初めてです」

「カルディアに置いていかれたんだぞ」

「ちょっとお出かけになられただけでしょう」

「今までは、家から三歩出るときでさえ連れて行ってくれたんだぞ！」

そのせいでこの世の終わりを迎えたような気持ちになるのだと告げた直後、そこでまた「ひぃ」と悲鳴が上がる。

オルテウスは特殊な皮膚を有しているので何も感じないが、たぶん気温がまた下がったのだろう。

「とにかく気をしっかりお持ちください。このままでは、都が凍りつきかねません」

「安心しろ、その前に俺が寂しさで死ぬ」

「オルテウス様ともあろうお方が、恋煩《こいわずら》いで死ぬわけがないでしょう！」

「死ぬ。むしろもう死んでる気がする」

少なくとも心は死んでいると呟きながら、オルテウスはカルディアにはめられた首輪を撫でる。

（番の儀式を行えば一生離れずに済むと思ったのに、どうしてこうなった……）

情けない自問を繰り返しつつ、オルテウスはベッドにばったりと倒れ、動かなくなる。

そんな彼を見かね、ハインが困り果てた様子で顔を覗き込んできた。

「オルテウス様が、こんなにも女々しくなってしまわれるとは……」

「恋は人や竜を狂わせるって言うだろう」

「ですがあなたはこの世で最も偉大な竜王ですよ！　何事にも心を乱さず、常にどっしりと構えていらっしゃったじゃないですか！」

「そもそもお前らは俺を過大評価しすぎなんだよ。俺は千二百歳も年下の魔女に心を惑わされる情けない男なんだよ」

「わ、わかりましたからそんなに拗ねないでください。寒すぎて窓まで凍っています」

「俺の心の寒さはこんなもんじゃねえ」

「でしたら早くカルディアさんを迎えに行ってください。このままでは本当に死人が出ます」

そう言って泣きつくハインを見て、オルテウスは唸る。

「だが迎えに行って、もう一度拒絶されたら今度こそ立ち直れねえ」

「大丈夫です。カルディアさんもきっとオルテウス様がいなくて寂しく思っていますよ」

「けど、会ったらまた噛みついちまいそうでな……」

自分がしでかしたことを思い出しながら、オルテウスは大きくため息をついた。

(本当に、どうしてあのタイミングで……)

離れそうになる彼女を引き留めたくて、少しでも自分の気持ちを表現したくて、オルテウスは彼女の首筋に牙を立ててしまった。

カルディアが自分の牙を怖がっているのは知っていたのに、それでも気持ちを抑えきれなかった自分が本当に情けない。

「噛みつきたいなら噛みつけばいいんですよ」

「そう簡単にはいかねえよ。あの子は人間だ」

「種族など関係ありません！　竜王の牙を得られるなんて、これ以上ない誉《ほま》れですよ」

「だがあいつはその意味を知らねえようだしな」

「知らないなら教えれば良いでしょう！」

「教えて拒絶されたらもっとつれえ」

「大丈夫です！　あなたは竜王オルテウスなのですよ！」

ハインは絶対的な自信を持っているが、オルテウスは彼の境地にたどり着けそうもない。

「でもあいつは、竜王の俺はたぶん好きじゃねえんだよな」

「けれどそういう彼女が、あなたは好きなのでしょう？」

ハインの言葉に、オルテウスは少し驚く。

「こう見えても私はあなた様の一番の部下です。だからあなたが何を考えているか、カルディアさんに何を隠そうとしているかを理解しているつもりです」

「全部お見通しってわけか」

「ええ。そして私にはわかるのです。認めたくはないですがカルディアさんはオルテウス様のお相手に相応しい方だと」

本当に認めたくはないですがと悔しそうにしている声に、オルテウスは思わず苦笑をこぼす。

そうしていると少しだけ気持ちは上向いて、外の雪も勢いが弱まった。

とはいえまだまだ本調子とは言えず、ベッドから起き上がる気力までは出ない。

我ながら情けないなと考えていると、ふいにハインとは別の気配を感じた。

「もしよろしければ、私もご協力致しましょうか？」

開いたままの扉の方を見れば、そこに立っていたのはフェリンである。

恭しく部屋へと入ってきたフェリンは、ハインの隣に並び立つとオルテウスへと手を差し伸べた。

その手には小さな包みがのっていた。どうやら薬包らしい。

「何の真似だ？」

「気持ちを落ち着け、冷静になるのを手助けする薬です」

天候の急変を見てオルテウスの心の乱れを察し、用意したのだとフェリンは語る。

その言葉に、先に薬に飛びついたのはハインである。

「飲みましょう！　お心を落ち着ければ、カルディアさんとも仲直りできますよ！」

薬を飲ませたいのは仲直りのためではなく、この天候をどうにかしたいからだとわかったが、グイグイ迫ってくるハインを押しのける気力もないのが現状だ。

（まあ、試してみても良いか……。気持ちが静まれば、カルディアに噛みつくこともねえだろうし）

彼女と仲直りできる手助けになるのなら、拒否する理由はない。

結局オルテウスは、差し出された粉薬と水を流し込んだ。

程なくして、外の雪はオルテウスの気持ちと共に落ち着き始める。

「すごい効果だな」

「元々、我々聖竜教会は竜たちの身体と心の平穏を祈り、支えるために設立されたもの。人々の身体と気持ちを平穏に保つ薬を作り続けてきましたので」

フェリンの説明にはさほど興味がなかったが、確かに薬の効果は期待できそうだった。

これならばカルディアとも冷静に話せそうだと思い、オルテウスは外套を羽織る。

「行ってらっしゃいませ」

そう言って頭を下げるハインとフェリンに「おう」とぞんざいな挨拶を返したあと、オルテウスはひとりカルディアを捜すために屋敷をあとにした。

＊＊＊

（うん、経過も順調だし……薬の効果も上々みたい）

穏やかな寝息を立てている竜の子供を見つめながら、カルディアはほっと息を吐く。

昼過ぎに診療所に来てすぐ、雪によって帰路を閉ざされたカルディアは、そこにいる患者たちに、自分の薬を試してみてくれないかと説得を続けていた。

診療所は腐竜病患者の隔離場所に指定されたらしく、二十人ほどの竜たちが収容されている。

そのほとんどはまだ軽症のようだが、手の施しようがない病であると皆知っているのか、患者たちの表情は暗い。

そんな中、症状を抑える効果しかないとはいえ、薬を持って現れたカルディアに患者たちは概ね好意的だった。特に最初に出会った子竜の母親――リリスは、カルディアとオルテウスが息子を救ったことに恩を感じているようで、薬を率先して試してくれた。

「カルディアさんのお薬はすごいですね。息子の状態も安定しましたし、私も大分身体が軽くなりました」

そう言うリリスの顔色も良く、カルディアはひとまずほっとする。

「病院で出して頂いた薬はあまり効果がなかったから、本当に良かったです……」

それどころか症状が悪化した者もいると聞き、カルディアは親子の様子をじっと観察する。

(確かにリリスさんの方は、昨日より肌の変色が進んでる……)

腐竜病は大人の方が進行が速いと母の手記で知ったが、それにしても病状が悪化しすぎているのが気になった。

「あの、ちなみに薬はどんなものを？」

「粉末状のお薬です。傷口にこすりつけておけば、鱗が硬化して病の進行が遅くなるとお医者様は言っていたのですが……」

「あまり効果がないんですね」

「ええ。それに吸い込むと気分が悪くなってしまうので、子供には使っていなくて……」

「お医者様にはそれを伝えました？」

「伝えましたが、それしか薬はないそうなんです。教会の方が用意してくださったもので、古くからある妙薬なんだとか……」

だとしたらそれなりに効果が約束されているもののはずだが、この様子では少々怪しい。とはいえ妙薬と言うからには、きっと竜によっては効果のあるものに違いない。

だとしたら薬作りの役に立つかもしれないと思って「良かったらひとつ分けていただけますか？」とお願いすれば、母親は快諾してくれる。

渡された薬の包みをさっそく開け、カルディアは鼻を近づけてみる。

小さな包みに入った薬は細かい粉末で、嗅ぎ慣れない不思議な香りがした。試しに少し舐めてみると、舌先がピリッと痺れる。

（香草……とも違う香りだけど、何を砕いたものなんだろう）

普段から薬草を集め、自分の身体でその効果や毒性を確かめているカルディアにとって、原料となる素材を当てることは容易いことであった。

だが今回は皆目見当がつかず、それに少し不安を覚える。

「あの、薬を用意してくださったのはどちらの教会ですか？」

「聖竜教会です」

母親が口にしたのは、フェリンが長をしている教会である。

「元々、腐竜病に冒された私たちの面倒を見てくださっていたのが聖竜教会なんです」

それならば、教会は病についての知識を何かしら持っているのだろう。

（竜王オルテウスを殺した病気だし、何かしら研究をしていたのかも）

市販されない珍しい薬を持っていても不思議ではない。

材料が何ひとつわからない点は気になるが、わからないならフェリンに聞いてみようとカルディアは思い立つ。

彼でなくても今オルテウスの屋敷には教会の人間が沢山いるし、誰かひとりくらい薬に詳しい人がいるかもしれない。

「とりあえず持ち帰って調べてみます」

それまでは自分の薬を試してほしいと言付けて、カルディアは薬を鞄に入れる。

それからその場をあとにしようと思ったが、小さく「あの……」とリリスが声をかけてくる。

まだ何か不安があるのだろうかと首をかしげた直後、リリスは持っていたハンカチをそっと差し出した。

「あ、あの、差し出がましいようですが……ソレは隠しておいた方が良いかと」

ソレと母親が指さしたのは、オルテウスにつけられた首の傷である。

そんなに目立っていたのかと慌ててハンカチを受け取ると、なぜだかリリスは今日一番の笑顔を浮かべた。

「初めてお会いしたときから思っていましたけど、お二人は大変仲がよろしいんですね」

明るい声に虚を衝かれ、カルディアはきょとんとした顔になる。

「私の亡き夫も愛情表現が苛烈でしたが、あなたの竜には及ばないなと少し負けた気持ちになりました」

などと言い出すリリスに、カルディアは更に混乱する。

「あの、愛情表現……というのは？」

思わず尋ねるカルディアに、逆にリリスの方が首をかしげる。

「もしかして、その首の傷の意味をご存じないのですか？」

「い、意味……？」

途端に、リリスが頬を赤く染めた。

「首を噛むのは、竜にとっては最上級の愛情表現なんですよ。人の言葉では表現しきれないほどの気持ちが込められていて……」

竜からしたら、見ただけで赤面して顔を覆いたくなるほどのものなのだと言われ、カルディアは驚愕する。

「さ、最上級……ですか？」

「はい。それはもう、すさまじく、愛しているという意味です」

リリスの言葉に、カルディアはポカンとした顔で固まった。

「だからぜひ彼にも同じことをしてあげてください。首をかみ合うのは、夫婦や恋人となった竜同士が最も望む愛情表現ですから」

そう言って微笑むリリスの言葉に、カルディアはただただ唖然とする。

（首を噛むのは愛情表現……）

その言葉ではっと思い出したのは、先ほど魔女の商店で買った本である。

慌ててそれを取り出し、目次にあった『愛情の確認方法』という項目を見てみれば、そこには確かに大きな文字でこう書かれていた。

『首に噛みつくのは竜が行う最上級の愛情表現です。番を大事に思うなら、日に一度は首を噛んであげましょう』

彼が自分を大事に思ってくれているのはわかっていたが、それが言葉にできないほどの愛情だとは思っていなかった。

自分に優しくするのも、恋人まがいのことをするのも、いつまで経っても独り者の自分への同情からくるものだとさえ思っていた節がある。

でもリリスの言葉が正しいなら、彼の気持ちは恋愛感情からくるものに近かったのだ。

（じゃあ父親じゃ足りないって怒ってたのも、そのせい……？）

全てに気づいた瞬間、カルディアの内に驚きと喜びが入り交じった未知の感情が湧き上がる。同時に顔がカッと熱くなり、毒を口に含んだときのように胸の鼓動が乱れた。

心と身体の変化について行けずに戸惑っていると、リリスが心配そうに寄ってくる。

いらぬ不安を抱かせないように、カルディアはぎこちないながらも笑顔を浮かべようとしたが、結果としてそれは叶わなかった。

「……ようやく見つけた」

なぜならそのとき、オルテウスの声が響いたからである。

驚いて声の方を見れば、頭と肩に薄く雪を積もらせた彼が部屋の入り口に立っていた。

「オ、オル……どうして……」

「お前を探しに来たに決まっている」

慌てて来たのか、彼の呼吸はひどく荒い。

そのせいか近づいてくる足取りはさほど速くなかったが、先ほどの動揺が尾を引いているせいで、カルディアは近づくことも後ずさることもできなかった。

「では、私たちは自分たちの部屋に戻っておりますね」

その上気を回したリリスが息子と共に部屋を出て行ってしまい、カルディアはオルテウスと二人だけで残される。

彼が自分を好きだと気づいた今、オルテウスになんと話しかけたら良いのかわからない。

「……ここまで、ひとりで来たのか？」

一方、オルテウスの言葉と視線にも迷いがあった。いつもなら顔を合わすなり抱きついてくる彼が、カルディアの少し前で立ち止まり、所在なさげにうつむいている。

それが気になりつつも、カルディアは小さく頷いた。

「すごく、時間がかかったけど何とかこられたの」

「俺がいなくても……大丈夫だったんだな……」

どこか寂しげな声で言いながら、何かを堪えるようにオルテウスが拳を握った。

それを見た途端、カルディアは何か声をかけなければと思ったが、言葉は何ひとつ浮かんでこない。

(そういえば私たち、今まで喧嘩なんてしたことなかったな……)

言葉を交わせなかったせいもあるが、オルテウスと険悪になったのは今回が初めてだ。

だからこそ、こういうときどういう言葉を返せばいいかがわからない。

昨夜感じた怒りや不満はもうないし、噛まれた意味を教えてもらったせいで、違う意味で動揺してしまう。

とはいえいつまでも黙っているわけにはいかない。気まずいし、オルテウスが自分を好きだと知ってひどく驚いてはいるが、彼を遠ざけたいわけではないのだ。

(むしろ今、すごく嬉しい……)

だから勇気を出して、カルディアは口を開く。

「……大丈夫だけど、大丈夫じゃなかったの。ひとりで歩けたけどずっと不安だったし、オルにいてほしくてたまらなかった」

素直な気持ちを言葉にすると、オルテウスがおずおずと顔を上げた。

「離れたいって言葉、撤回してくれるか……?」

「うん。むしろあの……昨日はごめんなさい」

一度言葉が出せるようになると、謝罪も思いのほかするりと口にすることができた。

「いや、昨日は俺も悪かった」

それはオルテウスも同じようで、お互いに謝罪の言葉を口にした途端、ぎこちなかった空気がふわりと緩む。

そのまま二人揃って自然と笑顔になり、穏やかな視線が絡み合う。

「やっぱり、オルとはこうやっていつも笑っていたいな」

思わずこぼれた言葉に、オルテウスの笑みが濃くなる。

そして彼は「俺もだ」と告げながら、二人の距離を詰めようとした。

「ッ……‼」

しかしその直後、カルディアを抱き寄せようと伸ばした腕を押さえ、オルテウスが突然その場に膝を突く。

「オル……どうしたの⁉」

慌てて彼の傍らにしゃがみ込めば、オルテウスの呼吸が荒くなっていることに気がついた。

額には玉のような汗が浮かび、何かを堪えようと歯を食いしばるオルテウスを見て、カルディアは彼の額に素早く手を当てる。

「すごい熱……。一体いつから具合が悪かったの？　それともまさか、怪我をしたの？」

動揺のあまり矢継ぎ早に質問を重ねていると、落ち着けというようにオルテウスの手がカルディアの頭を優しく撫でる。

だがそれも僅かな間だった。彼はそこで弾かれたように腕を離し、カルディアから遠ざかろうとする。

「悪い……しばらく……ひとりにしてくれ」

「できるわけないよ。病気なら、私が薬を……」

「違う……くそっ、はめられた……」

苛立ちの混じった声で言いながら、オルテウスは苦悶に顔を歪める。その口元から先ほどは見えなかった鋭い牙が覗いていることに、カルディアは気づいた。

「とにかく……俺は、平気だから……」

「全然平気には見えないよ」

「……頼む、もう……抑えられない……」

一際苦しげに声をこぼした直後、オルテウスが苦痛に顔を歪ませながらその場に伏せる。震える手が早く出て行けというようにカルディアを突き飛ばした。しかしそれでも彼をひとりにしたくないと体勢を立て直したとき、カルディアはオルテウスの背が不気味に歪むのを見た。

『……見るな』

響いた声は、人の声ではなかった。

低いうなり声が混じるそれは竜のもの。今は使われぬ古い言葉であった。

『見るな!!』

苦痛に身をよじりながら発した言葉と共に、見慣れた男の姿が黒く巨大な竜へと変わり始める。

纏っていた衣服が裂け、そこから現れた手足は硬い鱗に覆われていた。人だった顔は荒々しく歪み、カルディアの身体ほどもある巨大なものへと変わる。

このままでは自分の巨体が建物を壊しかねないと察したのか、オルテウスは側の窓を破り外へと飛び出した。

慌ててそれを追おうとした瞬間、カルディアは変わりゆくオルテウスのその身体に見覚えがあると気がついた。

（あの大きな牙と角……私、知ってる……）

自然と手が触れたのは、幼い頃竜につけられた腕の傷である。

大きな竜に噛まれたという曖昧な記憶に、突然オルテウスの姿が重なった。

牙に貫かれたときの痛みも思い出され、カルディアは腕を押さえてその場に膝を突く。

（そうだ……。私小さな頃オルに――竜王だった頃のオルに会ってた）

あのときのオルテウスも今日のように苦しんでいた。それが見ていられなくて、彼を助けようと近づき、大きな怪我をしたのだ。

そしてたぶん、オルテウスはそのことを覚えている。見るな、離れろと言ったのも、もう二度と怪我をさせたくないという思いからだという気がした。

だからこそカルディアは蘇った記憶と痛みを鎮めようと大きく息を吐く。

（大丈夫……オルはもう……私を傷つけたりなんかしない）

この痛みだってまやかしだと繰り返しながら、カルディアはゆっくりと立ち上がる。

破られた窓を飛び越え、カルディアも雪の吹き荒ぶ外へと出た。

診療所の後ろには小さな林があり、オルテウスの足跡はその奥へと続いていた。

慌ててあとを追い、雪に目をこらしたそのとき、林の奥に巨大な黒い影が蠢《うごめ》いているのが見えた。

「オル！」

影に向かって名を呼ぶと、巨大なふたつの瞳がカルディアを睨めつけた。

ふたつの瞳は血に濡れたように赤く、どこか虚ろに見える。たぶん痛みのせいで、彼は意識を失いつつあるのだろう。

そんな状態で放っておくことなどできず、カルディアはオルテウスの傍らへと駆け寄った。

走り寄ってくると思っていなかったのか、彼は驚いたように身をよじる。

『離れてくれ……また……傷つけ…ちまう……』

牙の間からこぼれる言葉は竜のものだったが、その声には人であった頃の優しい響きがある。それを聞いているとなぜだか胸が締め付けられ、カルディアは巨大な彼の首筋に腕を回した。

「オルは、私を傷つけないよ」

だから側にいるとそっと囁くと、巨大な頭がカルディアの方へと僅かに傾く。

優しく頬をこすりつけてくる仕草はなじみのあるもので、カルディアは自然と大きな頭の上に手を当ててよしよしと撫でていた。

すると巨大な瞼がゆっくりと閉じ、苦悶の声が少しずつ薄れ始める。

「こうしていると、少し楽になる？」

『ああ……。俺はいつもお前の手に……助けられてばかりだな……』

「大げさだよ」

『大げさじゃねえよ……。その手は俺の……たったひとつの……』

言葉と共に大きく息を吐き出し、閉じていた瞼をオルテウスは押し開ける。

巨大な眼にうつっているのは、カルディアの優しい笑顔だった。それを眩しそうに見つめたあと、黒い巨体がゆっくりと身体を傾ける。

『俺の……背に乗ってくれ……。この姿のまま、ここにいるわけにはいかねえ』

「それは構わないけど、そもそもどうしてそんな姿に……」

『それを、調べてもらいたい……』

頼むと言いたげに目を伏せるオルテウスに、カルディアは大きく頷くと、彼女はオルテウスの背に跨がり、長いたてがみを握った。

＊＊＊

カルディアを背に乗せ、オルテウスが降り立ったのは都の郊外にある一軒の邸宅だった。

葡萄畑の広がる丘陵地帯にぽつんと立つその屋敷は、美しく整えられた庭と三階建ての家屋を併せ持つ立派なものである。

『身体を変えるから少し待て……』

入り口の前に降りると共に、オルテウスは身体を震わせ苦悶の呻き声を上げた。

苦しげな様子に不安を抱きながらカルディアが見守っていると、彼の身体は人の大きさへと戻る。

だが完全に戻ることは叶わなかったのか、角や翼を残した半竜の姿で膝をついた。

「オル、大丈夫……？」

痛みを堪えるように歯を食いしばる姿を見て、カルディアは彼の傍らに寄り添う。

その腕に身を寄せながらオルテウスは小さく頷いたが、診療所のときより彼の顔色は一層ひどくなっているように見えた。

「とりあえず、中に入ろう……」

「ここも、オルの家なの？」

「違うが、安全な場所だ……」

そう言って立ち上がろうとするオルテウスをカルディアが抱き支えたとき、屋敷の扉が開き、使用人らしいひとりの老執事が顔を出す。

「珍しいお客様ですね」

屋敷の主人は留守なのか、出迎えたのはかなり年老いた執事だった。

彼は言葉とは裏腹にさほど驚いた顔をせず、オルテウスを見るやすぐさま邸内へと招き入れてくれた。

「今夜、一晩泊めてくれるか……」

「もちろんです。主様からそろそろ押しかけてくるかもしれないと聞いておりましたので、準備も済ませておりました」

「あいつは……相変わらず察しが良い……」

「ですがまさか、そのような状態でおいでになるとは思いませんでしたが……」

「俺のことは気にせず、離れに部屋を用意してくれ……。そしてそこから一番遠くの部屋に彼女を……」

「オルをひとりになんてできない」

「一晩だけだ……」

「でもさっき、自分の身体を診てほしいってあなた言ったじゃない」

「それも明日だ……今の俺は……色々と余裕がねえ……」

そこでもう一度身体をぐいと押しやられたが、カルディアはオルテウスの腕をぐっと掴む。そのまま逆に彼を引き寄せると、様子を窺う老執事に目を向けた。

「私が部屋に運びますので、案内していただけますか？」

有無を言わせぬ声で言うと、老執事はにっこりと微笑みながら頷く。

オルテウスの方は抗おうと身をよじったが、カルディアは決して腕を放さなかった。

結局、根負けしたのは彼の方で、屋敷の離れにある客間にカルディアは彼を運んだ。

オルテウスの身体をベッドに横たえて、カルディアはそこで初めて彼の身体をしっかりと検分する。

（熱がすごく高い……。それに呼吸もかなり弱ってる……）

「オル、何かおかしなものを飲んだり食べたりした？」

尋ねると、オルテウスが薄く目を開く。

「……ああ。察しはついてる」

「食べ物？　薬？」

「薬……だ。それもとっておきにひどいやつだな……。舌の上が痺れるくらいに不味かった」

カルディアを心配させないようにと考えているのか、オルテウスは冗談めかした言葉を口にする。

だがそれに乗せられるカルディアではない。

「わかった。なら、ちょっと口を開けて」

「口……？」

不思議そうに首をかしげたオルテウスの傍らに腕を置き、カルディアはそこでぐっと身をかがめた。

そして彼女はオルテウスの口を吸い、彼の口内へと舌を這わせる。

突然の口づけにオルテウスの身体が強張り、僅かだが身を引いた。

だが、オルテウスが逃げぬようカルディアは素早く番の鎖を出現させ、それをぐっと掴んで彼の身体を引き寄せた。

その行動は予想外だったようだが、戸惑いながらもオルテウスは抗わなかった。そのまま舌で歯列をなぞっていると、彼の身体からは次第に力が抜けていき、二人は長い時間をかけて舌と唾液を絡め合った。

「……確かに、とても苦い薬」

唇を離しながらカルディアが言うと、オルテウスが苦笑をこぼす。

「いつになく積極的だと思ったが……ただの味見か……？」

「こうすれば何かわかると思って」

そしてそれは正しかったと思いながら思案していると、そこで小さな咳払いが響く。

「空気を読んで、じじいは退室致します。もし何かあればそちらのベルを鳴らしてください」

妙にニコニコしながら言ったのは、あの老執事である。そこで、彼の前で長いキスをしたのだと気づいてはっとしたが、弁解をする前に老執事は楽しげな足取りで部屋を出て行ってしまう。

「ど、どうしよう……」

「どうしようって……何がだ……？」

「あ、あのおじいさんの前で……すごい長い時間、あんなことを……」

「どこが長いんだ……。まだまだこれからだろう……？」

そう言って身体を近づけてくるオルテウスを、カルディアは慌ててベッドに押し返す。

「い、今は安静にしなきゃだめ……」

言いながら、カルディアは持っていた鞄から薬草と調剤用の器具を取り出す。

「さっきので……俺が何を飲まされたのか、わかったのか……？」

頷きながら、カルディアは口づけと共に覚えた薬の味を思い出す。残っていたのは僅かな香りくらいだったが、それでも使われた薬草の種類くらいはわかる。

「ただ、少し不思議なの。毒かと思って身構えてたんだけど、どうやら少し違うみたい」

カルディアの見立てが正しければ、オルテウスが飲んだ薬は、本来身体に良いものなのだ。

「たぶん、竜の活力を増強させ、代謝を上げる薬だと思う」

それは腐竜病の薬として使われるもののひとつでもある。

「ただ普通のものの五倍くらいは強いもの。あとたぶん、魔力を高める魔女の秘薬も少し混じっている気もする」

オルテウスが先ほど巨大な竜になったのも、無理やり増幅させられた魔力が原因だろう。

そして今なお苦しそうにしているのは、有り余る活力と魔力が上手く抑え込めないからに違いないとカルディアは見当をつけた。

「でも毒じゃないからこそ厄介かも。ひとまず鎮静剤を作ってみるけど、効くかどうか」

「ならこのまま放っておいてくれればいい……」

「でも苦しいのでしょう？」

「苦しいが……死ぬわけじゃねえ……」

時間が経てば落ち着くさとオルテウスは笑う。

「それにまあ、こうなったのは自業自得……だしな。今思えば明らかに怪しい薬だったのに、疑いもせず飲んじまった」

「その薬、自分から飲んだの？」

「ああ」

「どうして？　そもそも誰から薬をもらったの？　なぜ躊躇わずに飲んだの？」

矢継ぎ早に質問を投げると、オルテウスは落ち着けというようにカルディアの頬を撫でる。

それから熱で潤んだ瞳でじっとカルディアを見つめ、何か言いたげな表情を浮かべた。

しかし彼はすぐさま口を引き結び、カルディアの頬から手を放した。

「それは明日説明するから……ひとまず今日は出て行ってくれ……」

「でも……」

「いつまた竜に戻るかもわからねえ……。そしたらまた、お前を怖がらせちまう」

頬から退いた手が、カルディアの右腕に薄く残る傷をそっと撫でた。

「ねえオル、この腕の傷はあなたがつけたもの？」

「ああ……。そのせいでお前は俺を怖がって……だからずっと、本当の姿だけは見せないようにと思っていたんだが……」

「もしかして、本当はずっと前から、巨大な竜の姿に戻ることもできたの？」

「できたが、見せたら嫌われると思ってな……」

「だからずっと、小さな姿で側にいてくれたのね」

「……隠していて、本当に悪かった」

悔いるように言って、オルテウスはカルディアから己の手を遠ざけようとする。しかしカルディアは逆にその手を掴み、ぐっと自分の方へと近づけた。

「もう気にしなくて良いの」

優しく笑い、カルディアはオルテウスの大きな手に唇を押し当てる。

「それに私、オルを嫌いになったりしない。どんな姿を見ても、何度噛まれても」

そう言って襟元を少し引き下げ、昨日オルテウスにつけられた傷を見せる。

その途端オルテウスは僅かに息を呑み、慌てた様子で視線を逸らした。

「軽率に肌を見せるな。……色々余裕がねえって言っただろ」

何かを堪えるように、オルテウスが赤く火照った顔を左手で覆う。指の隙間から見える目が赤く濡れているのを見て、カルディアは「余裕がない」という言葉の本当の意味を知った。

「……身体だけじゃなく、気持ちも高ぶってて抑えがきかねえんだ……」

「でもそんな状態でひとりにできないよ。何か症状を抑える方法があるかもしれないし」

早く出て行ってくれとオルテウスは懇願するが、カルディアはむしろ逆に彼の方へと身体を傾ける。

それから彼女は熱を帯びたオルテウスの肌に手を置いた。

（……あれ？）

すると不思議なことに、彼の鼓動が少しだけ穏やかになる。逆にカルディアを見つめる眼差しは激しい熱情に濡れていたが、呼吸の乱れは段々と落ち着いていているようだった。

「離れろ……」

「待って、そのままでいて」

カルディアから遠ざかろうとする身体を抱き締めると、オルテウスの身体が強張る。

同時に彼の肌に竜の鱗が色濃く浮かび上がり、牙と爪が鋭さを増した。

（……やっぱり、脈は落ち着いてきてる）

「悪い……また、身体が……」

「いい、我慢しないで。むしろ我慢しちゃ駄目」

「だが……」

「薬の効果に抗わないで。たぶん、無理やり力を抑え込もうとするから、余計に不調が出ているんだと思う」

だとしたら下手に我慢しない方が良いと告げて、カルディアはオルテウスの頭を撫でる。

それに合わせて彼の髪と角は伸び、カルディアを見つめる瞳は竜のときに見せた禍々しいものへと変わる。

完全な竜にこそならなかったが、ゆっくりと身体を起こすその姿は、竜王オルテウスと呼ばれていた頃の片鱗が見え始めていた。

「……頼むから離れてくれ。さもないと俺は……お前に縋りつきたくなる」

「それでいいの。私はもう、離れたいなんて言わないから」

「離れるべきだったと、後悔するかもしれねえぞ」

「しないよ。あなたに何をされても、絶対にしない」

そう断言しながら、カルディアはそう言える理由にようやく気がついた。

（私、オルが好きなんだ……）

家族として、番として、そして恋人として自分は彼が好きなのだという気持ちが、カルディアの胸の奥にはっきりと芽生える。

いや、それはもう既に芽生えていた。なのにずっと、気づいていなかったのだ。

けれど首につけられた傷がついに自覚させた。

「私はオルが好きだから、何があっても絶対に離れない」

決意を込めて告げると、オルテウスは大きく息を吐く。

「……なら、もう容赦はしねえ」

オルテウスの目が不敵に細められ、艶やかな笑顔がカルディアを捕らえる。

熱情に染まる表情は今まで何度も見てきたが、確かに今日の顔はいつもと違う。己の欲望をまったく隠さず、カルディアに喰らいつく一瞬を待ちわびているのがありありと見て取れた。

「身も心も全部、俺のものだって思っていいんだな」

いつもより乱暴な手つきでカルディアを抱き締めると、オルテウスは素早く二人の身体を反転させる。

身体を起こしたオルテウスに押し倒される形となり、カルディアは少し驚いたが恐怖はなかった。

「あぁくそっ……お前が欲しい。欲しくて欲しくてたまらねぇ」

荒々しい言葉と共に、ギラついた眼差しがカルディアを射貫く。欲に濡れた瞳からは少しずつ理性が消え、本能に支配された竜がそこにいた。

乱暴な手つきでドレスを引き下ろされ、露出した乳房に唇を寄せるその様はまさに捕食者だ。愛することより喰らうことに心を奪われ、気を抜けば身体だけでなく命までをも奪っていきそうな、物騒な色香がオルテウスの全身から立ち上っている。

でもそれを、カルディアはもう恐ろしいとは思わなかった。

これもまたオルテウスの一部なのだと思えば、荒々しく自分を求める彼を受け止めたいと思えてくる。

「お前の全てを、俺によこせ……」

言葉と共に、オルテウスの爪がドレスを引き裂いた。あっけなく裂かれたそれらをとりはらい、下着も同様に破られる。

それからオルテウスも乱暴に服を脱ぎ捨て、一糸纏わぬ姿でカルディアの上へと折り重なった。

薬のせいか、オルテウスの怒張は既に硬く起ち上がり、はち切れんばかりに膨れている。いつもより更に大きく見えるそれに僅かに臆しながらも、カルディアは身体の準備を整えるために、彼のものにそろそろと腰をこすりつけた。

お互いの身体に腕を回し、二人は口づけを交わしながら肌をピタリと合わせる。

カルディアはオルテウスの背を、オルテウスはカルディアの腰をなぞりながら、最も高ぶる場所を擦り合わせた。これまで何度も肌を重ねていたが、こんなにも性急で獣のようなまぐわいは初めてだった。

「あッ……オル……」

肌と腰を合わせただけなのに、カルディアの全身からは悦びがあふれ出す。

じんわりと濡れ始めた腰を淫らに揺らし、膝を立てながらオルテウスのものを下腹部で擦りあげる様はあまりに淫猥だったが、それを恥じらう気持ちはなかった。

オルテウスの方も今日は遠慮がなく、唇や首筋に唇を寄せながら先走りをこぼす竿《さお》でカルディアを濡らしていく。

時折カルディアの身体に牙を立て、己の証を刻みながら身体を弄るその姿は荒々しく容赦がなかった。

「その白い肌に赤い花を散らすのは、気分が良い……」

恍惚とした表情にはどこか狂気じみた笑みが浮かんでいたが、カルディアはそれに臆することなく、優しい微笑みを返す。

牙を突き立てられるたび、僅かな痛みが走ったがそれは不思議と心地よかった。

特に首筋を強く噛まれると身体が震え、淫口からはしたなく蜜まで溢れる有様である。

蜜からは甘く淫らな香りが立ち上り、それがまたオルテウスを煽るのだろう。彼の一物は更に力を増し、カルディアを貫きたいと主張している。

『俺を、受け入れろ』

命じるオルテウスの声は人のものとは響きが違った。肉体の方はまだ人の名残が残っているが、どうやら彼はもうほとんど竜に戻っているらしい。

カルディアを押さえつけながらゆっくりと身体を起こす様は、竜王の名に相応しい神々しいものだった。人と竜の逞しさを併せ持つ完璧な肉体が、窓から差し込む月光に照らされ、絵画のような神秘的な陰影を作り出している。

(これが、竜王オルテウス……なのね……)

美しいと同時に恐ろしさも感じる完璧な存在に、僅かばかり身が竦む。

けれどカルディアはゆっくりと息を吐き出し、ぎゅっとシーツを握りしめた。

それからゆっくりと立てた膝を開き、彼に己を差し出す。

全てを受け入れる覚悟で身体を開けば、オルテウスは月の光の下で笑った。普段見せる屈託のない笑みとは違い、笑っていてもどこか冷たい笑顔だった。

でもその冷たさの裏には深い悲しみが隠れているように思えて、カルディアはオルテウスに手を伸ばす。

その手をオルテウスは乱暴に摑み、カルディアを身体ごと軽々と持ち上げてしまう。

同時に、彼は二人を繫ぐ鎖を出現させると、彼女の両手を後ろに回しきつく縛った。

いつになく乱暴な仕打ちに驚きつつも、鎖でお互いを繫げようとする彼の気持ちも少しわかる。

（オルは……まだ不安なのね……）

彼はたぶん、カルディアが自分の全てを受け入れてくれるのか疑っている。だから鎖で繫ぎ、縛り、彼女が逃げ出さないようにしなければ安心できないのだろう。

ならば彼が望むに任せようとカルディアは決めた。

お互いの身体に鎖を絡ませながら、二人はベッドの上に膝立ちになり、もう一度口づけを交わす。

肌と鎖を打ち合わせながら、オルテウスはカルディアの唇を荒々しく貪った。

「ンッ……くる……しい……」

呼吸もろくにさせてもらえないまま、差し入れられた舌で口内を嬲られ、無理やり官能を引き出される口づけは甘美であるがゆえにひどく辛い。

同時に胸まで強く揉みしだかれ、カルディアはこみ上げる痺れに全身を震わせた。あまりの快楽に身体から力が抜けかけるが、愛撫と共に全身に絡まった鎖を強く引かれ、倒れることも許されない。

それどころか敏感になり始めた肌を鎖で擦られると、言い知れぬ心地よさまでこみ上げてきてたまらない。

「ひぁ……ンッ……あぁぅ……！」

ガクガクと全身を揺さぶり、鎖を鳴らしながら喘ぐカルディアの目を、オルテウスがじっと覗き込む。

彼女が愛欲に溺れていく様を満足げに見つめながら、なおも彼はカルディアの敏感な場所に指を這わせ、責め苦を与え続けた。

彼の身体も薬によって昂り辛いはずなのに、ただひたすらカルディアに快楽を与え続け、甘くいたぶりながら、絶頂に達する間際まで追い詰める。

『いきたいか？』

今日の彼は、頑《かたく》なに最後を迎えさせてくれない。

カルディアが達しそうになると手を止め、震える彼女を見つめながら微笑むのだ。

「いき……たい……」

『ならばもっと甘くねだってみろ』

嗜虐心に満ちた笑みを浮かべる姿は、教会で見たオルテウスの肖像と重なった。

『自ら腰を振り、ねだるならいかせてやる』

命令することに慣れた冷たい声に促され、カルディアはベッドの上に腰を下ろしたオルテウスの上にそろりと跨がる。

それを見つめる双眸には飢えた獣のような危うさがあったが、彼のものに腰をこすりつけようとするカルディアを支える手にはまだ、優しさが残っていた。

甘い痺れのせいで今にも倒れてしまいそうな彼女の背を抱き寄せ、擦るその手つきだけは、いつものオルテウスと同じだった。

『さあ、俺を喜ばせてくれ』

竜王の顔と番の優しさ。オルテウスにはその両方があるのだと感じながら、カルディアはゆっくりと腰を振り始める。

「あっ……ンッ……」

オルテウスの肩に手を置き、カルディアは腰を上下させながら蜜で濡れた陰部をオルテウスの竿にこすりつける。

『お前は、本当に淫らだな……』

熱の混じった囁きが耳元でこぼされると、恥ずかしさに身が竦む。だが今は彼と自分を気持ちよくしたいと思い、恥じらいを捨ててカルディアは腰を振り続けた。

「オルが……私を……変えたの……」

『そうだな。お前を淫乱にしたのは、俺だ……』

甘い吐息をこぼす唇を、オルテウスの指先が焦らすように撫でた。

『俺なしでは生きられぬように、その身体に淫らな欲望を植え付けたのは俺だ……』

そこで僅かに笑みが曇り、オルテウスの指がゆっくりと口内へと入ってくる。

カルディアの舌を指先で嬲りながら、彼はカルディアの臀部に指を食い込ませ、より激しく腰を揺さぶる。

『いっそ、快楽に溺れるだけの人形にしてしまいたいと……そう思ったことさえある……』

「あっ……んっ……ンッ……」

『そうすれば俺の全てを、恐れることなく受け入れてもらえるだろうと……』

オルテウスは口からゆっくりと引き抜いた指を、カルディアの秘部へと近づけた。

そのままゆっくりと襞を撫でられた瞬間、カルディアの全身で法悦が弾け、彼女は頤《おとがい》を反らしながら喘ぐ。

(この、感じ……は……)

『初めてお前を抱いたときと同じ魔法だ。性欲を引き出し、淫らな欲望に溺れさせせてやる』

「ああっ……身体…が……」

『だがあのときよりも何倍も激しいぞ』

「んっ…あ…どう……して……」

『言っただろう、お前を溺れさせたいと』

「やぁ……ああっ……んっ」

『俺が本気で抱いたら、お前は俺を恐れる……。そしてきっとお前は……』

苦しげな表情で歯を食いしばり、オルテウスは淫口に差し入れた指を更に奥へと押し込んだ。

ただそれだけで目の前が真っ白になり、カルディアは突然の絶頂になすすべもなく堕ちる。

その上、もたらされた法悦は恐ろしいことに消える気配がまったくなかった。

「ああ……やぁ……んッあああ――ッ！」

『……逃げれば良かったと思ってももう遅い。俺は……お前を得るともう決めた』

絶頂のさなかだというのに、カルディアの中に彼が入ってくる感覚が鮮烈に焼き付く。恐れるという言葉通り、彼の腰つきはあまりに激しかった。

魔法のおかげで痛みは感じないが、人を超えた力のまま中を穿ち、欲望のままに首筋に牙を立てられる。

身体がバラバラになりそうなほどの衝撃だったが、それすらも今は心地よくて、カルディアは涙を流しながらよがり狂う。

『さあ俺に溺れろ……』

「い……ああっ……いく……いかせて……」

オルテウスからかけられる言葉も、それに応える言葉も、普段は口にできないような淫らなものだけになり、カルディアはオルテウスが望む通りの人形に成り果てていた。

理性を失い、オルテウスの精を貪るだけの存在となった彼女は、その身でオルテウスの精を受け止める。

「ああ……オル……オル……！」

吐精は一度では止まらず、二度三度と激しさを増しながら続いたが、カルディアはそれを何度も何度も甘受し続けた。

『だめだ……まだ……まだ足りねえ……』

だがいくら精を放っても、オルテウスの欲望は満たされないのだろう。もはやカルディアの身体は限界に近かったが、甘い責め苦は途絶える気配はない。それどころか回数を重ねるにつれて、彼の腰つきは激しくなっていくように思えた。

縋りつくようにカルディアを抱き締めながら、オルテウスは子宮に精を放つ。

その激しさに幾度となく意識を飛ばしながらも、カルディアは長い夜が明けるまで、その身にオルテウスの全てを受け入れ続けたのだった——。

第六章

口に広がった血の味が、オルテウスに昔の夢を見せていた――。

血は、オルテウスを高揚させる唯一のものだった。

何を得ても満足感を得られず、何をなしても達成感を得られぬオルテウスが、唯一恍惚を覚えるのは、その牙で弱き者の身体を貫き、その血と肉を貪る一瞬だけだった。

その一瞬に溺れ、彼は多くの命を奪ってきた。強者ゆえにその行為は英雄的だと評価され、王となったが、彼のしてきたことは快楽を求めるがゆえの殺戮だった。

殺し、喰らい、引き裂き、時には骸を弄んで楽しんだことさえある。それだけが生きる楽しみで、それ以外は何ひとつ彼の心を動かさなかったのだ。

けれどその楽しみすら千年も経つと色あせた。殺したい、喰らいたいと思う相手は殺し尽くしてしまったし、竜王と呼ばれる彼を打ち倒そうとする気概に溢れるものもいなくなっていた。

日々がつまらなくなり、いっそ死んでしまいたいとさえ思うようになった頃、オルテウスは自分が病に冒されていると知った。

たぶんそのとき、オルテウスは心のどこかでほっとしていた。つまらない人生を、もう生きなくて済むのだと。

「……くるしいの？」

だがその気持ちを変えたのは、幼い少女と彼女の血の味だった。

少女はオルテウスの牙に腕を貫かれ、倒れていた。

「くるしい……なら……、私の魔力を食べる？」

激しい痛みを感じているだろうに、少女はもう片方の手をオルテウスの頬へと伸ばし、優しく微笑んでいた。

オルテウスを押しのけるどころか、気づかうように頬を撫でる少女を見て、彼は巨大な眼を見開いた。

「……私は魔女なの……それに……薬も作れるの……」

だから一緒に行こうと彼女は笑った。

自分と自分の母なら病気を治せるから。苦しいのも収まるからと優しく微笑んでいた。

その瞬間、オルテウスは生まれて初めて愛おしいと思えるものに出会えたのだ。

そして同時に、壊すのではなく守りたいと彼は初めて思ったのだ。

（そうだ、あのとき俺は彼女を守ると……そう誓った……）

なのに出会いの思い出はすぐに消え、濃い血の香りがオルテウスの獰猛な部分を揺り起こそうとする。

守るのではなく壊せと本能が叫び、温かな記憶の全てを押し流そうとする。

「オル……！」

だがそれを留めたのは、彼の名を呼ぶカルディアの声だ。

同時に小さな手がオルテウスの頭を優しく撫でているのを感じ、彼ははっと目を開ける。

荒く息を吐きながら夢の残り香を振り払えば、目の前には自分を心配そうに覗き込んでいるカルディアの姿があった。

「うなされていたみたいだけど、平気……？」

問いかけに、オルテウスは小さく頷く。そしてそのまま彼女を抱き寄せようとしたが、伸ばした腕は不自然な角度で止まる。

「その身体……」

毛布から覗くカルディアの身体には、あちこちに傷が残っていた。噛みあとやひっかき傷で赤くなった身体を見て、オルテウスは息を呑む。どれも小さなものではあるが、原因は明らかだった。

（そうだ、俺は……）

改めて自分の姿を見れば、まだ完全な人には戻っていない。翼だけは消したようだが、長い爪も牙もそのまま残り、その先端にはカルディアのものとおぼしき赤い血痕がついている。

「すまない、俺は……ひどいことを……」

「いいのよ。離れろと言われても、側にいると決めたのは私だから」

「だがお前を無理やり快楽に落とす、強い魔法までかけたはずだ」

そして欲望のおもむくまま、彼女を乱暴に抱いた記憶は身体にしっかり残っている。

「俺はお前を、物のように抱き潰した……」

守ると決めたはずなのに、壊してしまいたいという歪んだ欲望にオルテウスは負けたのだ。

「私は大丈夫だからそんな顔をしないで。それにいつもと違ったのは、薬のせいよ」

「だが薬は俺の力を……俺の本性を表に出しただけだ。俺がそうしたいと望み、お前を傷つけた事実は変わらない」

傷を負い、長時間の行為ですっかりやつれてしまったカルディアを見つめながら、オルテウスは己の弱さを恥じた。

だがそんなオルテウスを、カルディアはぎゅっと抱き締める。

予想外のことに竦んだ身体を更に強く抱き締められ、オルテウスは固まる。

「そうされるとわかっていて、受け入れると決めたの」

「わかっていて逃げなかったのか？」

「逃げたくなかったの。それにあの、昨日は余裕がなくてできなかったけど、こうしたかったから」

優しい微笑みを浮かべながら、カルディアはオルテウスの首筋に歯を立てる。そのままそっと噛みつかれ、オルテウスは小さなうめき声をこぼした。

「い、痛かった……？」

「違う、ただ、どうして……」

ただ教えてもらったの。竜はこうやって、好きだって気持ちを伝えるって」

ただ噛み方が弱かったのか、彼の肌には傷どころか赤みひとつついていなかった。

「痕が残るように、もっと強くした方がいい？」

「いや、どうやっても俺の肌には痕はつかねえ……。俺を傷つけられるのは俺だけだ」

「触っていると柔らかいのに、不思議」

「俺にはその柔らかさもよくわからん……。この肌は普段は痛みも温もりも通さねえからな」

オルテウスの言葉に、カルディアが悲しげな顔で彼の肌を撫でる。

「じゃあこうして触れあっていても、何も感じないの？」

「身体はな……。でも心は違う」

言いながら、カルディアが噛んだ首筋をオルテウスは指でなぞった。

触れられているという感覚はあったが、それは普通の人や竜が感じるものには遠く及ばない鈍いものだ。

戦いに身を置くうちに、彼の身体は余計な感覚を排除し、より屈強になった。その代償に、オルテウスの身体は五感をほぼ失い、生の喜びを得ることはなくなった。

（でもカルディアといるときは違う……）

それに気づいたのは、彼女に初めて会ったときのことだ。病に冒されたオルテウスを気遣うように身体を撫でられたとき、彼は初めて温かさというものを知ったのだ。

そもそもオルテウスは、誰かに気遣われたり触れられることがあまりなかった。生まれた瞬間から強い力を有していた彼は本能のまま母の腹を食い破り、父の命をも奪ってしまった。そんな彼を皆恐ろしがるばかりだったし、王となってからも、尊敬と同じだけ恐怖を抱かれてきた。

人々は皆オルテウスを遠巻きに見つめた。恐ろしさから、触れぬようにと近づかなかった。

だがカルディアは、オルテウスが彼女を傷つけてもなお寄り添ってくれた。心配され、優しく触れられることがこんなにも幸せなのだということを、オルテウスはカルディアの小さな手から学んだのだ。

だからこの手を自分のものにしたいと強く思い、彼は彼女の竜となった。そして共に暮らすうちに、彼は尽くす喜びも知った。

孤独で不器用な幼いカルディアを守り育てる日々は幸せだった。そのお礼にと身体を撫でられるたび、オルテウスは確かに温もりを感じた。

「お前に触れていると胸の奥が熱くなる。その熱が全身に広がっていく気がする」

「本当に？」

「錯覚かもしれんが、それでも嬉しいし幸せだった。だから常に側にいて、肌に触れていたかった」

何かを殺すときは一瞬しか続かない高揚感が、カルディアの側にいるときはいつまでも続く。それは殺戮の喜びより温かくて、優しくて、尊かった。

「ならずっと側にいればいいわ。そうしてくれると、私も嬉しい」

「だがまた、俺はお前を……」

「こんな傷、差艾《さしもぐさ》を当てておけばすぐ治るわ。むしろもっとひどい傷がつくかと身構えていたくらいだから、傷が小さくてびっくりしちゃった」

「自制心が一応働いていたのかもしれんな」

「きっとそうよ。だからほら、気にしないで」

子供を慰めるように、カルディアがオルテウスの頭を優しく撫でる。

細い指先が髪の間を流れていくだけで、言い知れぬ多幸感が身体を包み、オルテウスの戸惑いと後悔を消し去っていく。

「ならもう一度、噛んでほしい」

「私で良ければいくらでも」

微笑みと共に首筋に唇を寄せるカルディアを、オルテウスは優しく抱き締める。先ほどは驚くばかりだったが、改めて歯を立てられると心の奥が甘くくすぐられた。

「ずっと、そうしてほしかった……」

「なら言えば良かったのに」

「噛まれたら、こっちも我慢できなくなるだろ」

「噛まれると噛みつきたくなるものなの？」

「当たり前だ。竜にとっちゃ愛の言葉を三千個並べたって足りねえくらいの愛情表現だぞ」

「そ、そんなに……？」

顔を真っ赤にして慌てだすカルディアに、オルテウスは苦笑する。

「別に、お前に同じ気持ちはまだ求めちゃいねえよ。どうせ俺はお前の父親なんだろ？」

「そ、そういうわけじゃないわ」

「じゃあ母親か？」

いや、お爺ちゃんだろうかと考えるとなんだか気分が滅入りかける。

「昨日ちゃんと好きって言ったのに、忘れてしまったの？」

だがそのとき、カルディアがオルテウスの首にもう一度唇を押し当てた。

「三千回に足りてるかはわからないけど、好きな気持ちを込めて噛んだの……」

恥ずかしそうな声に、オルテウスは唖然とした顔で彼女を見つめる。

「……悪い、よく聞こえなかったからもう一回言ってくれ」

「む、無理……言ってて恥ずかしくなってきた」

「三千回のところからでいいから」

「全部じゃない……。っていうか、聞こえてるんじゃない……」

「聞こえていたが唐突すぎて心が追いついてねぇ……。もう一回！　もう一回だ!!」

そう言って縋りつけば、カルディアは呆れながらもおずおずと口を開く。

「そもそも、父親とか母親に噛みついたりはしないでしょ」

「わかった、じゃあ結婚しよう」

「……え？」

「そういうことだろこれは！」

「待って、話がすごい方に飛んで今度は私の心が追いつかない……」

「大丈夫だ、しちまえば何とかなる」

「そ、そもそも、私たちは番だし結婚してるようなものだし、なんだかおかしくない？」

「まあ、言われてみるとそうだな」

「オル、いつになく動揺しすぎ」

「いや、だってまさか……こんなに早く俺への好意を自覚してくれるとは思ってなくてだな……」

最初に父親扱いされたとき、恋人への昇格は更に十年はかかるかもしれないと本気で覚悟したのだ。

だがそれでもいいと、オルテウスは思っていた。彼女と出会ったあの日から、彼はこの小さな魔女を手放す気はなかったし、死ぬまで側にいるとそう決めたのだ。

「今回のことで、お前が俺を好きになるまで十年……いや二十年はかかるかと思ったから驚いた」

「そ、そんなにのんびり待つつもりだったの？」

「二十年くらいすぐだろ」

「長生きの竜にとってはそうかもしれないけど……」

呆れるように言ってから、カルディアはどこか恥ずかしそうに視線を下げ、おずおずと口を開いた。

「そんなに待たなくてもいい」

「じゃあ俺を、愛してくれているのか？」

こくりと頷くカルディアを見て、オルテウスは堪えきれずに彼女の唇を奪う。

「俺も……お前を愛してる」

今度は人間の方法で愛情を伝えたいと思い、オルテウスは言葉と唇へのキスを重ねる。

すると彼女は顔を真っ赤にし、愛らしく瞼を震わせながら視線をぷいと逸らした。

「きゅ、急にそういうこと言わないで……、恥ずかしくて変になりそう……」

「急にじゃねぇよ。お前の相棒になった日から毎日、朝も昼も晩も愛してるって言ってたろ」

「『ぐべぇ』って鳴いてただけじゃない」

「これは人の言葉で言う」

「だから、いきなりそんな、甘い声で言われたら私……」

「いきなりが嫌なら時間を決めよう。朝は何時がいい？　昼は一時くらいか？　夜は寝る前？　それともしながらか？」

「ほ、本気で言ってる……？」

「俺はいつも本気だ」

「……そ、そうよね……オル……そういうところは大真面目よね……」

何やら困ったような、でもどこか嬉しそうな顔でカルディアはため息をこぼす。

「それで何時だ」

「その話はあとにしようよ。今はほら、色々確認しなきゃいけないこともあるし」

「そうだな。式の場所も決めないとな」

「そ、そういうことじゃなくて……」

いい加減まともになってと軽く叱られて、オルテウスは渋々言葉を呑み込む。彼はまともなつもりだったが、どうやらカルディアにはわかってもらえなかったようだ。

「身体はもう大丈夫なのかとか、そもそもどうして竜王の姿になったのかとか、それを確認する方が大事でしょ？」

「それは、確かに大事だ」

竜の部分を抑え込まない限り、昨晩のようにまたカルディアに無理をさせかねない。彼女が受け入れてくれたとは言え、オルテウスだって欲望に任せた行為を望んでいるわけではないのだ。

「滅茶苦茶に甘やかしながら啼かせる方が、俺も好きだしな」

「そ、そういう恥ずかしいことも、急に言わないで……」

「恥ずかしいことか？」

「私は恥ずかしいから、だめ……」

弱々しくも可愛い口調で叱られ、仕方なくオルテウスは黙り込む。

するとカルディアは「とにかく少し真面目になって」と彼に言い聞かせ、お互いの身体を少し離す。

「オルをおかしくさせた薬について教えてほしいの。あんな苦しそうな姿は初めて見たから、私心配で……」

身体に巻き付けたシーツをぎゅっと握りしめ、目を伏せるカルディアの姿でオルテウスはようやく冷静になる。

（確かに、あのことはこのまま放置もできねえか……）

未だ戻らぬ自分の姿を眺め、オルテウスは小さなため息をこぼす。

「薬ってどんなものだったの？」

「気分を落ち着ける薬だと言われた」

「そんなものを飲むなんて、もしかして具合が悪かったの？」

それなら私が薬を作ったのにと妙なところに拗ねているカルディアを可愛く思いながら、オルテウスは彼女の頬をつつく。

「お前と喧嘩したからだろ。その上勝手に屋敷を出るし、このまま帰ってこなかったらと不安で不安で」

「そ、そんな理由で薬を？」

「そんなって言うなよ。十年以上朝も昼も晩も一緒にいたのに、いきなりいなくなられたら心もガタガタになるだろ」

だから薬を飲んだのだと言えば、カルディアはようやく納得したようだった。

「まあ、何か怪しいなとは思ってたんだけどな……」

基本自分は丈夫だし、毒の類《たぐい》はきかない。だから彼は油断していたのだ。

「逆に力が増すなんて予想外だったが、まあそこがあいつらの狙いだったんだろうな」

「あいつらって……？」

「ハインとフェリンだよ。俺に薬を勧めたのはあいつらだ」

オルテウスの言葉に、カルディアは驚いた顔をする。

「でも、どうして二人が？」

「どうしても何も、二人の考えそうなことだろ。俺は頑なに竜王であることを認めず、その力も見せずにいた……。だから無理やり力を引き出し、自覚を促そうとしたんだろ」

「けど、そんなことをしても記憶が戻るわけじゃないし……」

「俺が自分の存在を認めることが奴らには重要だったんだろ。俺にその気がなければ、あいつらがいくら復権を願ってもどうしようもない」

だからといって薬を使うなんて強引すぎると主張するカルディアに同意しつつも、彼らの気持ちがまったくわからないわけではない。

「そうまでしても欲しかったんだろ、竜王オルテウスって存在が」

それほどまでに価値があるものだとオルテウス自身は思わないが、人々が圧倒的な力を求めたがるのは世の常だった。

「竜王はあまりに強く、残酷に生きすぎた。その存在を神と呼び、宗教と結びつける輩が現れたときからキナくせえことになる気はしてたが、その予感は当たっちまったな」

「ねえオル、あなたもしかして……」

彼女はオルテウスに何かを問いかけたいようだったが、言葉は出てこなかった。いや、出せなかったのだろう。

彼女の顔には不安がよぎり、質問を続けることを恐れているようだった。

「お前の勘は当たってるよ」

だからこそ、オルテウスは頷いた。そしてそっと彼女の唇を奪い、笑う。

「騙してて悪い。ホントは全部、覚えてるんだ」

「もしかしてはじめから……？」

「ああ。覚えてるって言えば、竜王だったときのことを話さなきゃいけねえから、隠してた」

実を言えば、オルテウスは正体を告げることがずっと怖かった。

「俺が負わせた怪我のせいで、お前は生死の狭間をさまよいそのときの記憶もなくしちまった。以来、大きな竜や牙を怖がるようになって……だから俺は……」

「自分を隠して、小さな竜の姿でいたのね」

「実際、お前の相棒になって三年くらいは、元の姿に戻るほどの力もなかったんだ。お前の母親の知恵を借りて、腐り果てた身体を切り離したはいいが、そう簡単に傷は癒えなくてな」

「じゃあ母のことを知っていたのも……」

「俺の身体を見てくれたのがお前の母親だった。そこで症状を抑える薬をもらい、一か八か身体のほとんどを捨てる決意をした」

そうしようと決めたのは全て、カルディアに出会ったからだ。

オルテウスはどうしても彼女を自分のものにしたくて、そのために何が何でも生き残ると決めたのだ。

「何とか一命を取り留め、動けるようになった頃にはお前の母親は亡くなっていて……。まだ力は戻ってなかったが、俺が相棒として支えていこうと決めたんだ」

「そしてずっと、私の側にいてくれた……」

「お前の側は居心地よかったからな。千年以上生きてきたが、こんなにも満ち足りた日々は初めてだった」

だからこそ、きっとオルテウスは竜王として生きた過去を捨てると決めたのだ。捨てることに躊躇いはなかったし、捨てたことで手にできたものの方が多い。

「じゃあもう、竜王に戻る気はないのね」

「これっぽっちもな」

オルテウスの言葉に、カルディアはどこかほっとしたように笑う。その笑顔が愛おしくて頬を寄せると、彼女は優しくオルテウスの頭を撫でてくれた。

「俺はこうして、お前によしよしされながら生きていくって決めたんだ」

「よしよしって、子供みたい」

「せめてペットと言ってくれ」

「子供は嫌なのにペットはいいの？」

「好きな女に飼われるのって、そそられるだろ」

自分には理解できないと苦笑しつつも、カルディアはオルテウスの考え自体は否定しなかった。代わりにオルテウスが最も好きな手つきで頭を撫でてくれる。

「だから俺は絶対竜王には戻らねえ」

「でもハインさんたちは許してくれるかな」

「そこだな、問題は」

カルディアに見られぬよう顔を伏せてから、オルテウスは表情を鋭くする。

「ハインの馬鹿はともかく、あのフェリンって野郎はなんだか嫌な感じもする」

「それは、ちょっとわかるかも……」

告げる声はどこか不安そうで、オルテウスは更に眉を寄せる。

「まさかとは思うが、あいつになんかされたんじゃねえだろうな」

「いや、フェリンさんがってわけじゃないんだけど……」

少し躊躇いながらも、カルディアが語りだしたのは教会が腐竜病の患者に配っているという薬のことだった。

「得体が知れないって言うか、怪しい感じなの」

言いながら、カルディアはベッドをおり、床に落ちていた鞄をあさりだす。シーツを巻き付けたままの後ろ姿に見とれつつ様子を窺っていると、突然カルディアが薬を手にしたまま、ものすごい勢いでオルテウスを振り返った。

「これ……この香り……もしかして……」

何やらブツブツ呟きながら迫ってくるカルディアの勢いに驚いていると、ベッドの上のオルテウスにカルディアがずかずかと近づいてくる。

「オル、もう一回首筋嚙んでもいい!?」

「お、俺は別に構わねえが……」

むしろ嬉しいと思いつつ髪をかき上げた瞬間、食らいつくようにカルディアが彼を押し倒した。

「あ、あんまり勢いよくやられると、色々我慢が……だな……」

「黙って」

「……はい」

何に夢中になっているのかはわからないが、胸を押しつけながら首筋に噛みついたあげく、唇で強く吸い付いたり匂いを嗅いだりと、カルディアはなかなかに積極的だった。

たぶん、というか絶対、彼女に甘い気持ちはないが、それでも期待してしまうのが雄の性である。

（いやでも、ここからどうにかして甘い気持ちを刺激すれば……）

などとうっかり不埒なことを考えた途端、カルディアがオルテウスから離れた。

その衝撃で毛布が身体から落ち、美しい身体が露わになる。オルテウスは自然と息を呑んだが、カルディアは毛布が落ちたことに気づいていないのか、そのまま腕を組んだままベッドをおり、窓辺でじっと思案している。

真剣なその顔は、薬の研究をしているときによく見るもので、こうなってしまうと当分は誰の言葉も耳に入らない。

（このまま見ていたい気もするが、それで風邪引かれても困るしなぁ……）

などと考えてしまうからお父さん扱いされていたのだとわかっていたが、愛おしい番が体調を崩して苦しむところを見るのも忍びない。

故にオルテウスは彼女の邪魔をしないよう、魔法で彼女に服を着せてやる。そして自分も服を纏おうと思ったが、そうするにはまだ少し気持ちと身体が高ぶりすぎている気がした。

（最後に一回くらい抱きついても怒られねえよな）

というか気づかれないに違いないと思いつつ、オルテウスはカルディアに忍び寄り、背後から抱き締めようと腕を伸ばした。

「……お前、そこまで堕ちたのか」

だがそのとき、背後からあきれ果てた声が響き、オルテウスの動きを封じる。

声はオルテウスにとって聞き覚えのあるものだったので驚きはしないが、今聞きたいものではなかった。

「音もなく入ってくるなよ」

「ノックはしたが、不埒な行いに夢中で気づかなかったのはお前だろう」

あきれ果てた声にオルテウスが振り返ろうとしたとき、窓の方を向いていたカルディアが声の方へと顔を向けた。そこで彼女は、意図せずこの部屋に人が入ってきたことに気づいたらしい。

そしてそれが誰なのかわかった瞬間、彼女は今にも卒倒しそうな顔で驚く。

「な……なな……なぜ、ここ……に……？」

「なぜも何も、ここは私の屋敷だ」

真面目くさった顔でカルディアに返事をしたのは、オルテウスのかつての右腕であり、現竜王であるギリアムである。

彼が来る前にカルディアに服を着せておいて良かったと思いながら、オルテウスは今にも倒れそうなカルディアを抱き支える。

「そういえば、ここは知人の家だって昨日……」

「あれが、知人だ」

そう言ってギリアムを指させば、カルディアはうわぁああと可愛い悲鳴を上げながら真っ赤になって顔を隠す。

「今更気づいたけど、私人様の家で……あんな……あんな……」

「安心しろ、君たちが来たことは知っていたのでずっと離れにいた。つまり、君たちがここで何をしていたかは知らん」

知らないが察してはいる、という顔のギリアムを見てカルディアの悲鳴が更に増える。

「よりにもよって、竜王様の家で私……」

「正確には家じゃなくて別荘だけどな。それに持ち主より俺の方がよく使うから、ほぼ俺の別荘だ」

だから安心しろと笑ったが、カルディアはなぜか「頭が追いつかない……」とこぼし、そのままふらりと気を失う。

「おいっ、カルディア……!?」

「焦るな。この状況を見れば大体の人間はそうなる」

何せ竜王が二人いるんだからなと、ギリアムは涼しい顔をしている。

「その上ひとりは全裸ときたら、現実を受け入れられず気を失うのも無理はない」

ということで、そろそろ無駄に立派なものをしまえと、ギリアムは涼しい顔のまま言い放った。

＊＊＊

（これは夢かしら……。昨日強い魔法にかけられたせいで、どこかおかしくなってしまったのかしら）

などと考えながら、カルディアは向かいの席で紅茶を飲んでいるギリアムを窺っていた。

その隣にはオルテウスが座っており、二人は先ほどから賑やかに会話をしている。

「番相手とはいえ、真っ裸で年頃の少女を襲うなど元竜王のすることか」

「後ろからそっと抱き締めるだけのつもりだったんだよ」

「真っ裸でか」

「裸の何が悪い」

「悪いと思っていないならお前は変態だな」

辛辣《しんらつ》な一言に、オルテウスは拗ねたように口を軽くすぼめる。

「前々から思ってたが、主人にたいして色々失礼すぎねえか？」

「俺はもう主ではない、自分を死んだことにしろと言って、勝手に姿を消したのは誰だ」

「俺だな。すっかり忘れてたわ」

はっはっはと明るく笑うオルテウスに、ギリアムが呆れた顔をする。その様子を眺めていたカルディアは、なんだか頭が混乱する思いだった。

(ギリアム様とオルって仲が悪い……のよね？)

診療所でのギスギスしたやりとりを思い出し、カルディアは更に悩む。

「……言いたいことがありそうな顔だな？」

そんな彼女に気づき、声をかけてくれたのはギリアムだった。顔立ちが険しいのでわかりにくいが、じっとこちらを見つめる瞳に敵意はなく、むしろどこか優しくも見えた。

「私てっきり、ギリアム様はオルのことを快く思っていないのだと……」

「快くは思っていない。王であった頃から、こいつは勝手気ままな上に誰の言うことも聞かない自己中野郎だったからな」

「く、苦労なさっていたんですね……」

「ああ。十年前の失踪もそうだが、ようやく都に帰ってきたかと思えば今回は今回で『ハインを追い払うのに手を貸せ』とあれやこれや言いつけられてうんざりしていたのだ」

ギリアムは見るからに不機嫌そうな顔で、これまでの苦労を愚痴り始める。

それを聞く限り、どうやらオルテウスを無下にするような振る舞いを繰り返していたのは、全て彼の指示があってのことらしい。

竜王オルテウスが生きていることが公にならないよう、オルテウス自身が裏で画策していたようだ。

「無駄な仕事は増えるし、こいつがまた何か問題を起こすのではと不安が募り、近頃は毎日胃が痛い……」

「あの、良かったらよく効く胃薬があるので差し上げましょうか」

「頂こう。あと、ついでにこれを一刻も早く持ち帰ってくれ」

これ扱いされたオルテウスは少しだけふてくされているが、ものすごく腹を立てているというわけではないようだ。それどころか、どことなく楽しげな様子も見て取れる。

「俺だって帰りたいが、どっかの馬鹿が悪巧みをしているようでな」

「ハインか」

「あいつ……ではないだろうな。馬鹿だし」

「そうだな、馬鹿なあいつには何かを企《たくら》むことなどできないだろうな」

そう言って頷き合うオルテウスとギリアムを見て、カルディアは少しハインが哀れになる。

(たぶんハインさん、昔からぞんざいに扱われてたんだろうな……)

「ではヤツの他にも、死んだお前を引っ張り出そうとしている馬鹿な輩がいるのか？」

「とか言いつつ、お前だって察しはついてるんだろ。そうじゃなきゃ、俺たちの情事を覗きになんて来るわけねえ」

「別に覗いてはいない」

自分がこの屋敷に着いたのは今朝方だと続けつつ、ギリアムは紅茶のカップをテーブルに置く。

それから悩ましげな顔で手を組み、オルテウスをじっと見つめる。

「実は数週間ほど前から、前竜王が生きているという噂がまことしやかに囁かれていたんだ」

「それは俺がうっかり星を降らせたせいか？」

「いや、実を言うとその前からだ。『前竜王が蘇り、現竜王の罪を裁くために病を振りまいている』という噂があってな」

「あ、あの……病って……」

思わず口をはさんでしまったカルディアを咎めることもなく、ギリアムはすっと服の裾をまくる。

現れたのは、真っ黒く変色した二の腕だった。まごうことなく、腐竜病の症状である。

病の兆候を見て、それまで明るかったオルテウスの表情が僅かに強張った。

「……お前、それいつからだ」

「症状が出たのは噂が出始めた頃だ。その前から少し体調が悪かったが、風邪だと思って放っておいたらこの様だ」

涼しい顔をしているが、症状自体は軽くはない。

それを察したカルディアは許可を得て、改めてギリアムの身体を近くで観察する。

「……もしかして、教会からもらった薬を使っていますか？」

「それしか薬はないからな」

「今すぐ使用をやめてください。症状を抑える薬なら、私が作りますので」

カルディアの言葉に、ギリアムは何かに気づいたように眉を動かす。

「診療所で腐竜病の新しい薬が出回っていると聞いたが、もしや君のものか？」

「はい。ただ、完全な治療薬ではないのですが……」

そう告げながら、カルディアは今更のようにギリアムが診療所に躊躇いなくやってきた理由を知る。

(既に病にかかっていたから、恐れなかったのね)

「ちなみに、陛下の周りで他に患者さんはいますか？」

「……それが少し妙でな」

まくった袖を下ろしながら、ギリアムはチラリとオルテウスを窺う。

「腐竜病は流行病だと聞いたのだが、侍女たちを含め俺以外に発症した者が近くにいないのだ」

念のため他の竜を近づけないようにしていたそうだが、病の発覚まで時間がかかったというギリアムの説明が確かなら、王宮内で病が流行していても不思議はない。

「王都では患者が出ているが、私は誰とも会ったことはないのだ。それどころか、よく調べてみると患者たちにもあまり接点が見えない」

貧しい者が多いようだが、住む場所も職業もバラバラだとギリアムは説明する。

（そういえば、家族で感染しているのってあの親子くらいだったかも……）

そしてその二人を誘拐しようとしたのも竜だったが、今日見た限り彼らが病院に運び込まれた様子はなかった。

強い感染力を誇る病ならすぐにでも駆け込んできそうなのにと考えたとき、カルディアは気絶する前に考えていたあることを思い出す。

「……もしかしたら、腐竜病って空気や接触で感染するものではないのかも」

言いながら、カルディアはリリスからもらった薬を取り出した。

「これ、教会が支給していた腐竜病の薬なんですけど、実は素材がわからないんです」

正確にはわからなかったんですと続けながら、カルディアはオルテウスを見つめる。

「でもあの、今日オルテウスに噛みついたときに気づいたんです」

「ずいぶんな熱愛ぶりだな」

ギリアムに真顔で呟かれ、カルディアははっと顔を赤らめる。途端にしどろもどろになるカルディアを見かね、オルテウスが「そこは今つっこむな」とたしなめた。

「と、とにかくですね……同じ味がしたんです。味というか香りというか……」

噛みついたと言ってもオルテウスの肌には歯が立たないし、感じた味も香りもささやかなものだった。

でも薬を舐めたときに感じた不思議な香りに、それはよく似ていた。

「あと腐竜病に冒された竜からする独特の香りもあって……」

「つまりどういうことだ？」

尋ねるギリアムに、カルディアはあくまで憶測ですが、と前置きをしつつ先を続けた。

「あの薬、腐竜病に冒された竜の一部を乾燥させたものなんじゃないかなって」

「まさか俺の身体の一部ってことか？」

「その可能性が高いと思う」

カルディアの言葉に、オルテウスが何かを思案するように腕を組んだ。

「薬がもし俺の一部から作られたものだとしたら、教会が今回の一件にがっつり関わってるのは確実かもな」

「そうなの？」

カルディアが尋ねると、オルテウスが大きく頷く。

「教会は俺の遺骸を、特別な魔法で管理している。正確には遺骸ってことになってる、俺の一部だが」

かつて病にかかったとき、オルテウスは生きるために己の一部を切り捨てた。そしてそれをギリアムに渡したのだという。

「俺はお前の竜になるために、自分の死を偽装することを考えついた。その証拠になればと思い、切り捨てた身体をギリアムに預けたんだ」

「預けたというか勝手に押しつけたんだろう。処分に困っていたとき、教会がそれを管理したいと言い出したんだ。『竜王オルテウスは死の象徴ゆえ、いずれこの骸から蘇るに違いない』と言い出してな」

「腐った身体なら砕くことも可能だろうし、薬に加工することも容易いだろうな」

うんざりするオルテウスを見つめながら、カルディアは今し方聞いた話を反芻し、腐竜病の症状や感染経路について思案する。

「だとしたら、腐竜病はそもそも病でないのかも……」

腐ってしまった竜の身体の一部を摂取することで現れる、一時的な拒絶反応なのだとしたら、感染者が少ないことにも、特効薬が見つからないことも納得できる。そのことに、カルディアははたと思い至った。

「ねえオル、オルが病気になったときも何か薬って飲んでいた？」

「薬じゃねえが教会からの貢ぎ物が増えた頃だったな。食い物ばっかりやたらと」

「それ、何か変な味しなかった？」

「俺は味覚も弱くてな。すまんが、味についてはまったくわからん」

オルテウスの言葉に、カルディアは違う意味で驚きを受ける。

先ほど彼から、痛みや温もりを感じることができないという話を聞いていたが、まさか味覚さえないとは思わなかったのだ。

「ごめん、私何も知らなかった……」

「言ってなかったのは俺だ。それに何にも感じないわけじゃねえしな」

ほんの少しはわかると言ったところで、オルテウスはそっと声を潜める。

「お前の血や、汗の味は不思議とよくわかる」

「なっ……」

「そういう話は、二人きりのときにしてくれ」

ギリアムのつっこみのせいで二重に焦りを感じながら、カルディアは恥ずかしさにうめく。

「まあそんなわけで、薬の味については何もわからん」

「わ、わかった……」

「ただ貢ぎ物が急に増えたことから考えると、何かしら薬を盛られていそうな気はするな」

実際、その貢ぎ物の中に腐竜病を引き起こす薬を混入していたのだろう。

カルディアの考えが正しければ、腐竜病は自然には発症しない。

今王都で流行っているものも、教会が薬と偽ってオルテウスの身体の一部を患者たちに与えたのが原因だ。

だから教会の薬を飲み続けていた診療所の患者たちの病状が一向に回復せず、むしろあっという間に悪化していたのだろう。

もしあのまま薬を飲み続けていたら、肉体の腐敗は進行し患者たちは死に追いやられたに違いない。

「でも、なぜそんなことをするのかしら……」

「それぱっかりは奴らに聞くしかねえな」

オルテウスの言うように、今の情報でわかるのはそこまでだ。

「とにかくやめさせないと……」

これ以上苦しむ人を増やしたくないと改めて思っていると、オルテウスがじっとカルディアを見つめる。

「止めたいか？」

「当たり前でしょう。薬師としてこの状況は見過ごせない」

それに、番の身体を悪事に使うなんて許せないと言うと、オルテウスは嬉しそうに目を細める。

「ならいっそ、ぶん殴って問いただすか」

物騒な発言にカルディアは驚くが、ギリアムの方はそれを止める様子はない。

むしろそうなることを察していたのか、ギリアムはその場で書状をしたためオルテウスに渡す。

「できるだけ静かにやれ。暴れすぎてお前の存在が広く知られるのは嫌だろう？」

「もちろんだ。事が終わったら、今度こそ竜王は死んだことにしてカルディアと巣で暮らすって決めてんだよ俺は」

ハインが聞いたら卒倒しそうな台詞だが、ギリアムは平然と受け流す。

「ならば、万が一何か問題になったときはその書状を出せ。俺の任で動いている密偵だということにして、多少のことなら誤魔化せる」

「さすが、どっかのハインとは違って手際がいいな」

「あと、あいつのことも助けてやれ。大方、お前の復権を餌にいいように利用されてるだけだろうから」

「そういうところが馬鹿なんだよな」

「ああ、馬鹿だな」

と言いつつ、見殺しにしないあたりハインのことを嫌っているわけではないのだろう。わかりにくいが何だかんだ三人は仲が良いのかもしれないとカルディアは思う。

(そっか、オルにもちゃんと友達がいたのね)

そのことが嬉しくて、だからこそカルディアも自分にできることをしようと思えた。

「なら私は、引き続き薬を作ります。腐竜病が人為的に引き起こされたものなら、その要因を取り除いてちゃんと治療すれば、きっと治すこともできると思うから」

そしてオルテウスの友人であるギリアムのことも救いたいと、カルディアは決意を新たにする。

「期待してるぞ」

そう言って微笑むオルテウスに、カルディアは大きく頷いた。

＊＊＊

荒事にカルディアを巻き込みたくないと告げて、オルテウスがひとりギリアムの屋敷を出て行ったあと、彼女は屋敷で病の研究と薬作りに没頭することになった。

ギリアムはいったん城に戻り、教会の関与を別口から洗いだすらしい。

彼の症状は重そうだったので少し心配だったが、「君の薬があればきっと問題ない」と彼は笑っていた。

そして残されたカルディアは屋敷の老執事ロックハートに協力してもらい、まずは追加の薬を作り始めた。

「しかし本当に手際が良いのですね」

ロックハートが集めてくれた薬草を煮詰め、他の薬剤と混ぜる手際を褒められて、カルディアは少し赤くなる。

「小さな頃から、こればかりしていたので」

「しかし、薬作りは繊細で時間がかかる作業なのですね。魔女の薬というのは、こうぱっと魔法で作るものかと」

「魔法ってそんなに万能なものじゃないですよ。無から何かを生み出したりはできませんし、何もないところからものを出現させているように見えても、結局はどこからか転送させているだけですから」

だから薬作りと魔法は相性が悪い。逆に言えば魔法が使えなくてもできるので、カルディアのような未熟な魔女の貴重な収入源なのだ。

「まあオルなら、ゼロからイチを生み出す魔法が使えそうですけど」

「オルテウス様なら可能かもしれませんね。あの方は、色々な意味で規格外ですから」

「ロックハートさんも竜王時代のオルテウスをご存じなんですか？」

「元々……いえ今も、自分はオルテウス様にお仕えしている身なのです。彼がお残しになった資産を管理し、必要なものを準備するのが私の役目でして」

だとしたら、もしかしてあの巣もロックハートが用意したのだろうかと考えていると、老いた顔に優しい笑顔が浮かぶ。

「今回の件が落ち着いたら、森の屋敷の改装についてご相談させてくださいませ。お二人が暮らしやすいように、引き続き手を入れていきたいと思っておりますので」

「じゃあやっぱりあれも……」

「番と暮らす巣を用意しろと、ある日突然文《ふみ》を頂きましてね。それも急だったもので、改装が間に合わず本当に申し訳ない」

「い、いえ！　むしろ色々とありがとうございます」

屋敷の他にも、きっとカルディアの知らないところで色々と彼には世話になっているに違いない。そう思うと恐縮してしまうが、ロックハートは笑顔を崩すことなく、むしろより嬉しそうにカルディアを見つめていた。

「こちらこそ、オルテウス様を受け入れてくださってありがとうございます。あの方はずっとおひとりでしたから、カルディア様のような方に出会えて本当に良かった」

「あの、やっぱりオルに家族や恋人は……」

「おりません。竜というものは強ければ強いほど孤独な生き物ですからね」

ロックハートの言葉に、カルディアは教会で見たオルテウスの一生を思い出す。

「竜とは本来、戦いと血を求める生き物なのです。長い時を経て、人の考えや生き様を学ぶことで多くは闘争本能を失いましたが、始祖竜たるオルテウス様はそうもいかず苦しんでおられたように見えました」

でも今は違いますと微笑まれ、カルディアは少しほっとする。

「時折届く文には、あなたと暮らし、あなたの世話を焼くことが楽しいと書かれていました。戦うこと以外にこんなにも心躍ることがあるのかと本当に喜んでおられて……」

「だったらよかったです。私オルには色々迷惑をかけていたから、それが嫌じゃないかって心配で」

「むしろ色々と心配になるほど、うっきうきでしたよ」

間違いございませんと茶目っけたっぷりに言われ、カルディアは微笑む。

（だとしたら、やっぱりオルと番になったことは間違いじゃなかった）

フラスコに入った薬品を火にかけながら、カルディアはしみじみとそう思う。

「そして私もカルディア様のような可愛らしい方のお世話をするのが夢でしたので、今後は気兼ねなく頼ってくださいませ」

「ありがとうございます。ならさっそく、ひとつ頼んでも良いですか？」

できたら追加で薬草を買ってきてほしいと告げると、ロックハートは笑顔で承諾してくれた。

「では行って参りますが、念のため屋敷の外には出ないようにお願いします」

この場所は秘匿され、侵入者を防ぐ守りの魔法もかけられているが念のためにとロックハートは言った。

もちろん言いつけを破るつもりはなく、カルディアはロックハートが出て行ったあとも、ひとり調剤を続けた。

ただただ自分のできることをしていれば、オルテウスが全てを解決してくれる。

そのときはそう、思っていたのだ。

「……これはまた、面倒な場所にかくまわれたようですね」

そんな声が、カルディアを捕らえるまでは——。

＊＊＊

『竜は死から蘇り、真なる王となる』

竜王の再生を描いた巨大な絵画が飾られた一室で、オルテウスはひとりもてなしを受けていた。

フェリンとハインと会うため聖竜教会を訪れたオルテウスが通されたのは、贅をこらした応接室だ。調度品は全て竜王を模した装飾がなされており、机の上には豪華な料理と数々の酒が並んでいるが、それらに興味など持てない。

（もうちょっと趣味の良い家具を置けよ……）

などと思いながら、オルテウスは姿を隠すために纏っていた外套のフードを取り払う。未だ薬の効果が消えず、オルテウスは角や翼を有したままだ。故に正体を隠すために外套を纏っていたが、教会の者たちはその正体に察しがついているのか、この部屋に来るまでの間に、多くの信者たちにやたらと見つめられた。

そのうっとうしさに辟易しながらも、一方では自分に信仰を寄せる彼らを不憫《ふびん》に思う。

（俺なんか信じたって、救われることなんて何ひとつねえのにな）

親を殺し、同胞を殺し、時には罪なき者を弄ぶように屠《ほふ》ったことさえある。

この国を作ったのも、己の力を誇示することでより強い敵を招きよせたいと思う気持ちがあったからであり、称えられるべき功績など何一つないのだ。

血の気が多いだけの、素行の悪いばらがき風情を王だ神だともてはやしてどうするのだと思い、自分を称える輩の相手をするのも面倒で放置し続けた。だがそれは間違いだったかもしれないなと、今更のように思う。

（いっそ教会の人間は全員殺しちまおうか……）

などと物騒なことを思うが、それはカルディアが嫌がりそうだなと思い、今のところは踏みとどまる。

「ああ……！　ついに我が王が戻られた!!」

絵画をぼんやり眺めていると、聞き慣れた感嘆の声が背後で響いた。

うんざりしながら振り返れば、そこにいたのはハインである。

「さすが、フェリン殿の薬の効果は素晴らしい！」

「その様子じゃ、お前もあの薬の本当の効果を知ってたんだな」

フードの下から鋭い睨みをきかせると、ハインは慌ててその場に膝をつく。

「教えて頂いたのはオルテウス様が出かけられたあとです！　ただ知らなかったとはいえ、オルテウス様を謀ったことは謝罪いたします！」

「謝罪と言いつつ、滅茶苦茶嬉しそうじゃねえか」

「申し訳ございません。あなた様に竜王の姿と自覚を取り戻していただけたらと、ずっと願っていたのでつい……」

「自覚なんて生まれたときから持ち合わせちゃいねえよ。そもそも、俺が王らしく振る舞ったことがあったか？」

「何をおっしゃるのです！　オルテウス様は常に、王の風格をお持ちでしたよ！」

「……お前の眼は節穴だな」

「節穴ではありません！　オルテウス様の王者たる貫禄は、椅子から立ち上がる仕草からあくびに至るまで、全てに現れておりました!!」

「お前、本気で眼の医者にかかれ……」

などとぼやきたくなるくらいオルテウスは呆れる。そしてこれ以上相手にしても無駄だと思い、下がれというように雑に手を振った。

「お前に何言ってもらちがあかねえ。フェリンはどこだ、あいつに話がある」

「フェリン殿でしたら、魔女殿に御用があると言って出かけられましたよ」

「それを先に言え!!」

慌ててその場をあとにしようとするが、そのときオルテウスは嫌な気配に気がついた。

とっさに部屋の入り口から距離をとり、縋りついてくるハインを部屋の隅に蹴り飛ばした直後、教会の信者たちが雪崩のように押し入ってくる。

その手には剣や槍といった物々しい武器が握られており、突然のことに戦いたハインがオルテウスの背後に隠れた。

「あ、あなたたち……どういうおつもりですか!?」

などと叫ぶハインを見る限り、彼は本気で驚いているらしい。

(この感じじゃ、フェリンの企みには気づいてなかったんだろうな)

呆れつつも少しほっとしている自分に気づき、オルテウスは苦笑しながら頭を掻く。

「それは我々の台詞です。ハイン様ともあろうお方が、王の名を騙《かた》る不届き者を都に呼び寄せるとはどういうおつもりですか」

オルテウスとハインを睨みながら、信者のひとりが槍を構える。

そんな細いもので自分に対抗するつもりかと呆れつつ、事情を知りたいという思いから、オルテウスはわざとらしく戦いた顔をしてみせる。

「俺は本物の竜王だぞ？　偽者なんて証拠、あるなら見せてみろよ」

「この教会には陛下のご遺体が安置されている。そしてもうすぐ、そこから新たな王が誕生するとフェリン様がおっしゃっていたのだ」

なんとも突飛な話だが、少なくともここにいる信者たちはそれを本気で信じているらしい。もちろんオルテウスはうんざりするが、上手くいけば情報を引き出せそうだと察し、言葉を選ぶ。

「その遺体の方が、偽者って可能性もあるんじゃねえのか？」

「あり得ない！　ご遺体には、罪人を断罪するお力がおありだった！」

「その力ってのは、もしや病を宿す力のことか」

「そのお力で、偽りの王は病を患い床に伏せっているとフェリン様はおっしゃっていた」

たぶん偽りの王とは、ギリアムのことを指しているのだろう。

（やっぱり、あいつの病も教会とフェリンの仕業か……）

重要な情報を引き出せたことに安堵しつつ、平気で王に仇なす教会のやり方を改めて思い知ったオルテウスは、強い不安も覚える。

（そのフェリンがなぜカルディアのもとに……）

とてつもなく嫌な予感を抱き、オルテウスは彼女のもとに戻るべく牙を剝く。

「……ハイン、死にたくなかったら部屋の隅で大人しくしてろ」

「な、何をなさるおつもりですか⁉」

「フェリンがカルディアのもとに行ったのなら、すぐにでも追いかけなきゃならねえ」

そもそもこの信者たちも、それを察したフェリンが差し向けてきたものだろう。だとしたら遠慮なく片付けてやろうと、オルテウスは既に決めていた。

「お前らをぶち殺して、ついでにその遺骸とやらを回収させてもらうぞ」

「させない……。もう少しで我らの祈りが届き、竜王オルテウス様は再誕されるのだぞ」

「お前ら、祈れば王が蘇ると本気で思っているのか？」

「もちろんだ。そしてそのとき、我らには至高の幸福が訪れる」

どういう理屈だとオルテウスは呆れたが、訳のわからぬ理屈を信じ込ませ、民の心を操り信仰を集める歪んだ教えというのはどの時代にも出てくるものだ。

そして信者たちの言葉に幾度もフェリンの名が出てくるあたり、あの男は人心の掌握術に長けているのだろう。

「フェリンの言葉が本当に正しいか、俺が教えてやるからかかってこい」

軽く腕を振りつつ、オルテウスはにやりと笑ってみせた。

王というより好戦的な戦士を思わせる笑みであったが、武装した相手を前に一歩も臆さぬその様子に信者たちに動揺が広がる。

「ただし、真実を知るよりお前たちが死ぬ方が先かもしれねえが」

隠していた竜としての本能を目覚めさせ、オルテウスは赤い眼に冷たい光を宿す。

姿こそ人に近いが、纏う空気は竜王のそれに変わり、信者たちは今更のように己の間違いに気づいた。

だが全ては、もう遅い。

『王の手で引き裂かれる幸福を泣いて喜べ』

穏やかな声は死の宣告となり、王の前に刎《は》ねられた首がまずひとつ、転がった。

吹き上がる血しぶきに染まる王の姿は、信者たちが祈りを続けてきた宗教画そのものであったが、それを見つめる者たちのもとに訪れたのは至高の幸福ではない。

絶望と、恐怖と、死の予感。

王がもたらすのは、ただそれだけだった。

＊＊＊

鳴り響く雷鳴に、カルディアははっと顔を上げた。

先ほどまでからりと晴れていた空が急に曇り、部屋に吹き込んだ不吉な風が、サロンと中庭とを繋ぐガラス戸を強く揺らしている。

（この天気は、オルじゃないよね……）

言い知れぬ不安を感じながら、カルディアは扉を閉めようと振り返る。

「……これはまた、面倒な場所にかくまわれたようですね」

風の音の向こうから、低い男の声が響いたのはそのときだった。

はっとして顔を上げ、カルディアは思わず息を呑んだ。

「どうして、あなたがここに……」

「もちろん、魔女殿に用があるからです」

建物から少し離れたところにある噴水の側にたたずんでいたのは、オルテウスが会いにいったはずのフェリンである。

「そんなに恐れずとも、私はこの先へは参れません」

フェリンの言葉に、カルディアはこの屋敷には結界が張られているのを思い出す。

それでも警戒だけはしながら、カルディアはフェリンを軽く睨む。

「ここに、何をしに来たんですか？」

「あなたにお願いしたいことがございまして」

わざとらしいほど深々と頭を下げてから、フェリンは恭しくその場に膝を突いた。

「オルテウス様との偽りの絆を解いて頂きたいのです」

そう言って、フェリンがカルディアの方へと白い包みを放る。

足下に落ちた衝撃で封が解けると、包みの中から転がり出たのは小さな石だった。

（これ、番の解消に使う魔石……？）

警戒しつつ目をこらせば、それは魔女の雑貨屋で見たものである。

「なぜあなたがこれを……？」

「あなたとオルテウス様が番になったと知り、それを解く方法がないかと私も方々調べたのです。……あなたの存在は、王の再誕の障害になりますので」

「王の再誕って、あなた何をするつもりですか？」

「……十年前、王は病から復活し死をも克服する本当の神として絶対的な信仰を得るはずだった。しかしあなたと出会ったせいで……彼は……」

フェリンの顔に浮かんでいた穏やかな表情が、言葉と共に少しずつ重く陰《かげ》り始める。

笑みを消し、憎しみの籠もった眼差しを浮かべるその顔は、それまでの彼とはまるで別人だった。

「じゃあやはり、あなたがオルテウスを腐竜病にしたんですか？」

「ええ、それが我が王と教会のためでしたから！」

不気味な笑顔を浮かべながら声を張り上げ、フェリンはその場から立ち上がった。

「オルを殺すのが、彼のためだって本気で思っていたんですか……？」

「長い戦乱の世も終わり、この世には王に仇なす者もいなくなってしまった。そのせいで王の力を誇示する機会も減り、王自身も己の存在に惑われていたご様子だった……。そしてそんな彼を、私は見ていられなかった」

「だからって、オルに死の病を植え付けるなんて……」

「あの方は死の側でしか生きていけない方なのです。だから私は死を与え、あの方をより高みへと導こうと思った」

「死の側でしか生きられないなんて、それはあなたの妄想です……」

「いいえ、我が王は死の化身。私は血に塗れ、神々しく輝くあの方を見た。そして彼こそ神だと悟ったのです」

フェリンの声は、ぞっとするほどの自信に満ちあふれていた。

恍惚とした表情でオルテウスを語る姿には狂気さえ感じられ、彼が常軌を逸しているのは傍目にもわかる。

「実際、あの方は病にも打ち勝った。死を討ち滅ぼし、本当の神になった」

でも……と、そこでフェリンの目に更なる怒りが宿る。

「あなたと出会ったせいで、王は己が神であることを忘れてしまった。だから今度は、あなたを忘れてもらう」

フェリンの言葉で、カルディアは彼が自分のもとに来た理由を悟る。

（……この人は、オルテウスを昔の彼に戻したいんだ……）

番を解消するとき、その代償に竜は魔女のことを忘れる。

そのことを知ったフェリンは、わざわざこの魔石を手にカルディアに会いに来たのだろう。

「我が王をただの竜に堕としたのはあなただと聞いたとき、すぐにでも殺してしまいたかった……。けれどそれでは王は元には戻らない」

「だからこれを私に……」

「理解したなら早く番を解消なさい」

「嫌だと言ったら、どうしますか……？」

「言えないようにするまでです」

その声に不穏な響きを感じ、カルディアは身構えたが全ては遅かった。

フェリンがカルディアの方へと素早く手を突き出した直後、頬に僅かな痛みが走る。

「我が王は少々不用心すぎましたね。屋敷にかけられた魔法では、人や刃は防げてもこれは防げない」

そう言ってフェリンが手にしていたのは、細い針だった。

それと同じものが足下に落ちていると気づいた直後、カルディアは手足の先が痺れていくのを感じる。

「……これ、まさか毒……」

「さすが薬師だけあって察しが良いですね。針に塗った毒は致死率の高いものですよ」

恐ろしい言葉とは裏腹に、フェリンの表情には笑みが浮かんでいる。

「あなたが私のお願いを聞いてくださるなら、解毒薬をお渡ししましょう」

「まさか、そこまでするなんて……」

「ギリアムが病に伏した今が、竜王の再誕には絶好の機会。このときを逃すことはできないのです」

「でももし私が拒否したら、オルも死ぬんですよ」

「我が王は――我が神は死にはしません。死はあの方の一部ですから」

それもまた彼の妄想だと言いたかったが、何を言ってもフェリンは信じないだろう。

言って信じるならば、こんなにも強引な手段に出たりはしまい。

「それにもう一度死にかければ、今度こそ神の自覚が芽生えるかもしれない」

そういって笑うフェリンの表情を見たカルディアは、痺れる手をぐっと握りしめた。

（そこまで言うってことは、きっとこの人は解毒剤なんて持ってない……）

カルディアを生かす理由は何ひとつないし、彼の表情からは彼女を排除したくてたまらないという感情ばかりが見える。

（だからきっと、番を解除しなかったらオルも……）

このまま毒が回って自分が死ねば、番である彼も死んでしまうだろう。死を超越するとフェリンは言うが、そんなことは絶対にあり得ない。

彼の病が治ったのも、カルディアの母の助力と薬と治りたいという彼の意思があったからだ。

だが魔女の死は、オルテウスの意思とは関係なく彼を確実に殺してしまう。そう思うといても立ってもいられず、カルディアは急いで魔石を拾い上げた。

「さあ早く、我が王を番の呪縛から解き放ちなさい！」

もう時間はないと急かす声に、カルディアはぐっと唇を噛む。

彼に屈したくはなかったが、身体を回る毒のせいで吐き気がこみ上げ、壁に手を突かなければひとりで立っていることもままならない。

(番を解消するなら、もう今しかない……)

もう少ししたら舌も回らなくなり、番を解消するための呪文も口にできなくなるだろう。

ならばすぐにでも彼の言う通りにしなければと思うが、覚悟を決めようと思うたびによぎるのは、もう離れないと約束したときに見せたオルテウスの笑顔だ。

(でも私は、もう離れないって約束した。そしてそれを破ったらオルは……)

竜王であった頃の彼に戻ることで、果たして本当に彼は救われるのだろうか。

どこか虚ろで悲しげだった竜王としての笑顔と、カルディアの番となり生き生きしていたオルテウスの笑顔。

その両方が頭に浮かぶと共に、カルディアの心はひとつに決まった。

(私は……私がすべきなのは、オルの側にいることだ……)

側にいて自分の手で彼の笑顔を守りたいと何よりも強く思った瞬間、カルディアの身体に再び力が戻る。

「オルテウスは、誰にも渡さない」

最後の力を振り絞り、カルディアは手にしていた魔石をフェリンへと投げつけた。

彼女の行動を予想していなかったのか、フェリンは唖然とした顔で立ち尽くす。

「……それに私は、そんなに簡単に死んだりしない……」

針の毒は強いものだが、カルディアは薬の研究のために多くの毒をその身で試し、解毒薬や新しい薬を作り出してきたのだ。

人よりも毒に耐性はあるし、フェリンが解毒薬を持っていないなら自分で作ればいい。

(オルのためにも死ねない……。だって私は、彼がようやく見つけた大事なものだもの)

確かに竜王であった頃のオルテウスは、死の側でしか輝けなかったのかもしれない。

でも今は違う。彼は自分の側で笑い、幸せに暮らしている。

ならばそれを守るのが自分の務めだと、カルディアは強く思う。

「そしてあなたが崇拝する竜王が、全部妄想だって証明する……」

「馬鹿なことを……」

馬鹿はそちらだと言い返そうとしたが、その必要はないとカルディアは気がついた。

『それでこそ、俺の魔女だ』

雷鳴と共に現れた黒い影が、フェリンの背後に飛来したからだ。

彼の到来を喜ぶように強く風が凪いだ瞬間、垂れ込めていた雲が嘘のように消え日の光が大地へと降り注いだ。

地上へと降りた王――オルテウスの神々しさを目の当たりにしたフェリンは、恍惚とした表情で手を合わせる。

「我が王……」

祈りを捧げるかのように、フェリンがオルテウスの前に膝をつく。

けれどその直後、オルテウスが軽く右手を払うと翼と角は消え失せ、完全なる人の姿が現れた。

神秘的なたたずまいも消え、そこに残ったのはたったひとりのカルディアの番だ。

「誰が貴様の王になどなるか」

うんざりした声で言って、オルテウスはカルディアが投げた魔石を拾う。それを弄ぶように何度か手のひらの上で転がしたあと、彼はそれをぐっと握った。

「それに貴様は、ひとつ大きな思い違いをしている」

言うと同時に、オルテウスは魔石を握りしめた拳をフェリンの横っ面に思い切りたき付けた。

彼にしては手加減しているように思えたが、頬は無残に砕け、フェリンは痛みに悶絶しながら地に伏した。

それでも目だけはオルテウスを追い続ける彼にふっと笑みをこぼすと、オルテウスは握りしめていた手を開く。

「どうしよう……魔石が……」

カルディアが息を呑んだのは、番の魔石が彼の手の中で無残にも砕けていたからだ。

粉々になったそれが風に舞い上がるのを見つめながら、オルテウスが首輪に手をかける。

するといとも簡単にそれは外れ、カルディアは信じられない思いでその場に崩れ落ちそうになった。

「安心しろ。俺は何もなくしてねえよ」

だがカルディアが倒れるより早く、駆け寄ってきたオルテウスが震える身体を抱き支える。

「悪い、驚かせちまったな」

こちらを見つめてくる眼差しはいつもと同じ優しげなもので、カルディアは思わず彼の首筋に手を伸ばした。そこにはもう首輪はない。でもオルテウスは、何ひとつ変わることなくそこにいる。

「今、あなた番を……」

「解消したわけじゃねえから安心しろ」

戸惑うカルディアを見て、オルテウスはそこで声を潜める。

「ただもう一つ、お前に言わなきゃならねえことはあるが……」

少々言いにくそうな表情を見て、カルディアは彼の言葉を既に察していた。竜王であることを隠していたように、たぶん彼はもうひとつ大きな嘘をカルディアについていたのだ。

「まさか、私たち本当は番じゃなかったの？」

「正確には番になれなかったんだ。お前は魔女じゃなかったから……」

「えっ、でも……」

「お前の母親が言っていたんだ。『あの子は私の力を受け継がなかった。だからあの子は魔女の力は何ひとつ使えない』って」

その言葉が本当なら、確かにカルディアの魔力が極端に少ないことの理由もわかる。

「だがその見た目では魔女として生きる他はない。だから俺に守ってほしいと、お前の母親は言っていた」

「お母さんが、そんなことを……」

「だから番の儀式は成立していないんだ……」

どこか不安そうな顔のオルテウスから差し出された首輪をそっと受け取り、カルディアはそれを抱き締める。

驚いたけれど、全てを理解した今なら彼が自分に嘘をついたことや、鎖にこだわっていた理由がわかった気がした。

(番になれなかったから、彼はずっと不安だったのね……)

だから彼はカルディアの全てになろうとしたのだ。番という絆の代わりに、二人を繋ぐ絆を得ようと焦っていたのだろう。

「……嘘ばかり重ねて、本当に悪い」

「いいの。それに私、実はちょっと嬉しい」

自分たちを繋いでいたのは呪文でも鎖でもない。そのことがわかって、無性に嬉しいのだ。

「番じゃないのに喜ぶなんて、やっぱり私……魔女失格なんだろうな」

「それを言うなら、俺は魔女の相棒失格だ」

「でも、もう離れないからね……。ずっと一緒にいるって、約束したから」

笑顔を浮かべながら言うと、オルテウスはほっと息を吐く。それから彼はカルディアを抱いたまま、フェリンの方へと顔を向けた。

「さて、お前の望み通り番を解消してやったんだ。持っているなら解毒薬を渡せ」

オルテウスは命令するが、フェリンは唖然とした表情のまま彼をじっと見つめている。

「……なぜ……なぜ……それほどまでその女に執着するのですか……。王に寄り添えるのは死と、それをもたらす者だけのはずなのに……！」

「そんなのはお前らが勝手に作り上げた妄想だ」

「妄想ではない！　王は死の化身だった、死そのものだった」

「そこがそもそもの間違いだ。お前らは俺をやたらと不吉なものとして扱うが、一応人並みの奇跡だって起こせるんだぞ？」

したり顔で笑って、オルテウスは自らの首筋に爪を立てる。

そして己の鱗を一枚剝ぎ取り、カルディアに差し出した。

「これを口に入れろ、そうすれば俺の奇跡を分けてやれる」

言われるがまま、カルディアは差し出された鱗を口に入れた。

何者にも傷つけられないほど硬い鱗であるはずなのに、それは舌の上で綿菓子のような甘さと共にあっという間に溶けて消えてしまう。

それに驚いた直後、オルテウスがカルディアの唇を優しく奪った。

(不思議……なんだかとても温かいものが……流れ込んでくる……)

あまりの心地よさにうっとりと目を閉じ、優しい口づけに身を委ねる。

そうしていると手足の痺れや息苦しさが消え、いつも以上に身体が軽くなっていくようだった。

「……オル……これは……」

「俺の鱗には癒やしの力がある。まあ誰にでも使えるわけじゃねえがな」

癒やしたいと心から願わない限り効果は出ないと付け加えたあと、オルテウスは戯れのような口づけをカルディアの唇にもう一度落とす。

「だからこそ俺はずっと全てを破壊することしかできなかった。……でもお前と一緒なら、俺はこうして奇跡も起こせる」

その言葉通りカルディアの身体はあっという間に軽くなり、自分の足で立つこともできた。

「王は死の化身……誰かを癒やすことなど……」

「がっかりさせて悪いが、俺はお前たちが思うよりずっと器量の大きい竜だぞ」

ただ……とそこで瞳に鋭さを増し、オルテウスは王としての残酷な笑みを浮かべる。

「お前たちの言う死が俺の一部であることも事実だ。そしてお前には、あとでその意味をたっぷりわからせてやる」

楽しみにしていろと告げられ、フェリンは恐怖に引きつった顔でわなわなと震え始めた。

だがその表情には、王からの仕打ちを期待するような歪んだ笑みも見て取れて、カルディアはぞっとする。

（この人は、オルを……竜王オルテウスのことを本物の神だと信じているのね……）

ただその強い信仰はどこか歪んでいる。そこに恐ろしさを覚えつつ、カルディアはオルテウスの手を握った。

「彼を……殺してしまうの……？」

尋ねると、オルテウスは静かに首を横に振った。

「そうしてやりたい気持ちもあるが、ギリアムに止められてる。腐竜病について聞き出したいこともあるらしくてな」

今は脅すだけだと言いながら王の顔を消し、オルテウスはフェリンへと近づいていく。

「それに、こいつを喜ばせてやるのはしゃくだろ？」

言うと同時に、オルテウスはフェリンの顔に拳をたたき込む。

一応手加減したようだが、フェリンは意識を失いばたっと倒れ込む。

「今はこのくらいにしてやるが、カルディアを傷つけた仕置きはあとできっちりしてやるからな」

フェリンの側にしゃがみ込み、彼を殴り倒した腕をひらひらと振る仕草には竜王らしさは欠片もない。

むしろチンピラのようだとカルディアは思ったが、たぶんそれはフェリンも同じだったのだろう。

白目を剝く彼の顔に張り付いているのは、唖然とした表情だった。自分の理想と現実がかけ離れていることに、彼は失神する直前に気づいたのかもしれない。

（このまま、全ては自分の思い違いだと気づいてくれれば良いけれど……）

狂気に満ちた顔を思い出し、僅かな不安を覚えながらカルディアはそっとため息をつく。

「まだ少し震えているが、大丈夫か？」

怖い目に遭わせて悪かったと寄り添うオルテウスに、カルディアは慌てて笑顔を見せる。

「大丈夫。何かあっても、オルがすぐ来てくれるって思っていたし」

何より、嬉しそうな顔で自分の手をとるオルテウスを見ていると、やはり自分の選択は間違っていなかったと改めて思える。

番でなかったとしても、やはりカルディアの方から彼との関係を切るなんて決してしてはいけない。自分たちは二人でひとつの存在なのだから。

「あとは腐竜病が治まれば、全部解決よね？」

「ああ。そうしたら今度こそ、巣に戻って二人きりで暮らせる」

「あっ、でも……」

「番じゃないから一緒に暮らさないなんて、今更言うんじゃねえぞ？」

言いながら、オルテウスは一度外した首輪をつけ直す。

「言わないわ。たとえ番じゃなくても、私はオルとずっと一緒にいたいもの」

そもそも彼と一緒に生きるために、カルディアは番という関係を望んだのだ。

番であることに特別な意味を見いだしていたのは事実だけれど、それがあってもなくても彼の側にいたい気持ちは変わらない。むしろその気持ちは、前よりずっと強くなっている。

「ならこれからも、俺を鎖で繋いでくれ」

「……あれ、でも待って」

番でないなら、どうして鎖が出てくるのだろうかと首をかしげる。

カルディアが魔女でないなら、そもそもこの首輪には何の効力もないはずなのだ。

「もしかして、この鎖もオルの魔法だったの？」

「昔から魔女と鎖で繋がれることに憧れがあってな。番になれなくてもそれだけはやりたくて、特別な魔法をかけたんだ」

「へ、変な憧れね……」

「だから今後も、そこだけは譲れねえ」

たとえ番でなくても、鎖で繋いでいてほしいとオルテウスは言う。

「だからその腕輪は外すなよ。俺もこの首輪は永遠に外さねえから」

危ない発言にしか聞こえないが、カルディアを見つめる瞳には深い愛情が籠もっている。

それにうっかり喜んでしまいそうになる自分の思考に不安を覚えつつも、いつもの彼が戻ってきたことにカルディアはほっとしてしまうのだった。

第七章

雲ひとつない空の下、建国記念の日を迎えた王都は温かな陽光を浴びて輝き、行き交う人々の顔には幸せそうな笑みが浮かんでいた。

その様子をカルディアが眺めていたのは、ロックハートが管理するギリアムの別荘の窓からだった。

「本当に、祭りには行かねえのか？」

そんなカルディアを背後から抱き締めつつ、つまらなそうな声を出しているのはオルテウスである。

「竜王が蘇ったって噂もまだ残ってるようだし、あなたがフラフラ出歩くわけにはいかないでしょ？」

「でも人の姿ならばれないって」

「顔で気づかれてしまうわよ。街中にオルの顔や姿が描かれた旗が飾られてるんだし」

旗どころか、彼を象った像やお土産物まで並んでいる中をフラフラ歩くわけにはいかない。

「じゃあほら、小さい竜になるから」

「そう言ってこの前出かけたら、五分も持たずに人の姿になったじゃない……」

「あれは、お前に色目を使う奴がいたからだろ」

「相手、七十歳のおじいさんだったのに……」

そして色目ではなく、魔女であるカルディアに薬を作ってほしいという依頼をしたくて近づいてきたようなのだが、オルテウスは本気で威嚇していた。

（この頃、オルの過保護さにより磨きがかかってる気がする……）

屋敷の中にいるときでさえくっついているし、『カルディアの血肉は俺が作りたい』などと危ない発言をしながらご飯からおやつに至るまで全ての食事を用意し、『知らねぇ誰かが作った服を着せるのが段々嫌になってきた』とか言って近頃ではドレスまで作り始める始末である。

一応屋敷にはロックハートもいるが、カルディアの世話に関してはどんな細かいことでもやりたがり、彼には絶対手を出させない。

ロックハートはそれを微笑ましく見ているが、世話をされるカルディアは正直オルテウスの行く末が少し心配である。

「ともかく今日は駄目。そろそろハインさんも来るし」

「何であいつが来るんだよ」

「今日は建国を祝うお祭りなんでしょ？　だから贈り物を持ってくるんですって」

「……絶対ろくでもねえもんだろ。あいつ、このところ前以上に俺に構ってくるし」

自分のことは棚に上げて、オルテウスはそんな文句を口にする。だがハインが彼に纏わり付く気持ちも、何となくわかる。

（ハインさん、オルテウス様を危険な目に遭わせたってずっと泣いてたなぁ）

フェリンと彼の部下を捕縛したことで、彼らのもくろみは潰え、腐竜病の拡大も防ぐことができた。

カルディアが作った薬のおかげで竜たちの症状も治まり、リリス親子やギリアムも元の生活に戻り始めている。

そんな中、事件を一番引きずっているのがハインなのだ。

彼はフェリンの目的を知らなかったようだが、十年前にオルテウスを殺そうとした相手が彼だと知るやいなや『この命をもってお詫びを』と本気で訴えていた。

ギリアムから聞いた話では、フェリンは元々ハインの推薦で聖竜教会の長となったらしい。彼の持つオルテウスへの信奉心を評価したハインは彼に大層目をかけていたらしく、彼の凶行にはひどく心を痛めていた。

そんなハインを見かね、何かにつけて別荘に押しかけてくる彼にオルテウスもこれまでは付き合っていたが、そろそろ限界らしい。

「デートできないだけで気が滅入るのに、その上あいつの相手なんて御免だ」

言うやいなや、オルテウスは「よし」と手を打ち、側の窓を勢いよく開け放った。

「逃げよう」

「に、逃げる……？」

「ここにいたら、逢瀬を邪魔されかねん」

言うと同時に、オルテウスが突然空を指さす。

「ということで、行くぞ」

「行くってどこへ……？」

更に意味がわからずポカンとしていると、オルテウスはカルディアの身体を抱き上げ、窓からバルコニーへと躍り出た。

「二人でゆっくり過ごせる場所に、ひとつだけ当てがある」

そう言った直後、カルディアの身体がふわりと宙に浮く。

驚いてオルテウスの首に腕を回した途端、彼の身体は巨大な竜へと変わった。

『飛ぶぞ』

そう宣言したときには、それまでいた屋敷は遥か下だった。

力強い飛翔でぐんぐん天を昇り、雲をいくつも越えたところでカルディアはあっと気づく。

オルテウスが目指しているのは、人の目では捉えられない程高い場所。王だけがたどり着けるという、遥か空の上の王宮なのだ。

『もしかして、高いところは怖かったか？』

「いきなり飛んでおいて、今更それ聞くの……？」

『善は急げと思って』

姿も声も竜王そのものだが、どこか暢気な言い方はいつものオルテウスである。

「高いところは、一応大丈夫」

『なら飛ばすぞ。すぐに着くから、摑まっていろ』

大きな翼を羽ばたかせ、オルテウスは雲の上に立つ王宮に向かった。

彼が向かう先には、たなびく雲海と白く輝く宮殿が広がっている。

その宮殿の一番上、立派な尖塔のひとつに降り立ったオルテウスは、再び人の姿へと戻る。

「良い景色だろ」

「素敵な場所だけど、ここって私が足を踏み入れてもいい場所なの？」

「ああ。そもそもこの場所は、基本俺しかたどり着けない」

すぐ雲を抜けてしまったから気づかなかったが、王宮の周りは気流がひどく悪いため並の竜ではたどり着けないのだとオルテウスは言う。

「まあギリアムなら来られるだろうが、『こんな不便なところには住みたくない』と言われて、結果放置されたままってわけだ」

「勿体ないね、こんなに綺麗なのに」

「気に入ったなら、ここを俺たちの巣にしても良いぞ」

「たまに来るなら良いけど、こんな広い場所じゃ落ち着かないかも」

元々草花が好きなカルディアは、地に足がついた場所の方が好きだ。そしてそれがわかっているからか、オルテウスはカルディアと共に塔を降り、中庭に臨む彼の寝室へと導いた。

オルテウスの魔法のおかげか、王宮は長いこと誰も住んでいなかったのが嘘のように美しく整えられている。

しかし美しすぎるがゆえに、寂しさを感じる場所だった。

寝室も、窓から見える庭も、ここに来るまでに通った廊下も、どこもかしこも白く輝き無駄がない。でもそれが逆に、虚ろに見えるのだ。

「オルはずっと、ここにひとりで住んでいたの？」

「静かだし、ひとりで好きなことができるしな」

カルディアをベッドに下ろしながら、オルテウスは彼女の頭に頬をすり寄せてくる。

「まあ、昔の俺は好きなことなんてなかったから、ぼんやり過ごしてばかりだったが」

でももう違う……と、耳元で囁く声に甘さが混じり、カルディアはここに連れてこられた理由を悟る。

「好きなことが、ようやく見つかった」

幸せそうに笑いながら、オルテウスがカルディアの首筋に唇を寄せる。

「なら……オルは今幸せ？」

尋ねながら黒い髪を優しく撫でると、首筋に甘い痛みが走った。

愛おしいと言われるよりずっと強い愛情が首筋から流れ込み、カルディアは小さく喘ぐ。

その声で更に牙が深く食い込んだが、痛みはもうない。

必要以上に血を流さぬように、彼女の身体を壊さぬようにと、オルテウスが魔法で痛みをとり、傷つけると同時にカルディアの身体を癒やしているのだろう。

「ンッ……オル……」

感じるのは彼からの愛情と、さざ波のような愉悦ばかりだった。

彼の気持ちが愛情であること、自分もまたオルテウスが好きであることに気づいてから、カルディアは何度もこうして牙を受けてきたが、今日はことさらそれを強く感じる。

そしてそれが甘い時間の始まりだとわかり、カルディアの身体はほんの少しだけ緊張した。

(今日もまた、私はオルに溺れてしまいそう……)

はしたなく身体を開き、淫らに喘ぐ自分を想像してカルディアは赤くなる。

肌を重ねるのは魔力を交換するためではないと知ってから、なぜだか前より肌を重ねることにドキドキするのだ。

彼と肌を重ねることへの喜びも募り、カルディアの身体はあっという間に高まってしまう。

そしてオルテウスもそんな彼女の変化に気づいているらしく、自身のシャツを脱ぎ捨て、容赦なく彼女の身体を抱き締め愛撫を開始する。

首に牙を立てたまま、オルテウスはカルディアのドレスを引き下げ、胸元に手を差し入れる。

「ンッ……あ、ん……」

服からこぼれた胸を強く揉まれながら、首から流れる血を舌先で拭われると、カルディアの身体を甘い熱と痺れが駆け抜ける。

胸の頂は早く食べてと誘うように赤く熟れ、秘部からはとろりとした蜜が既にこぼれ始める。

オルテウスと繋がるようになって初めて知ったが、カルディアの身体は快楽にとても弱いらしい。

「んぅ、いきなり……そんな……ふぁ、ン……」

巧みな指使いで全身をくまなく攻められると、彼女の肌はあっという間に淫らに色づいてしまう。

今も絶妙な力加減で乳首を舐られ、カルディアは頭を振りながらよがった。

首に立てられた牙は抜かれたが、代わりに始まった口づけもまた巧みで、カルディアは翻弄《ほんろう》されるがままだ。

最近になってようやく自分からも舌を絡められるようになったが、オルテウスの分厚い舌に口内を弄られると、あっという間に気持ちは蕩けてしまう。

「はぁ……ん、ア……オル……もっと……」

そして一度快楽に負けてしまうと、カルディアは我を忘れてはしたない願いを口にしてしまう。

あとで我に返って恥ずかしくなるとわかっているのに、身体と心が高ぶると抑えがきかなくなってしまうのだ。

「わかってる。すぐ、繋げてやる」

服を脱がせる時間も惜しいと思ったのか、オルテウスはカルディアを抱き上げると向かい合わせで膝の上にのせる。

素早く下着を取り去ると、蜜をこぼす陰口に熱杭の先端を宛てがった。

毎日のように肌と愛情を重ね合っているせいか、二人の間にはもはや前戯など必要ない。あえて時間をかけてお互いの熱を高め合うときもあるが、求め合う気持ちが強いときは、今日のようにすぐさま腰を重ね合うのだ。

「ふ、あ……はいって……くる……」

屹立を押し込まれる瞬間は圧迫感があるが、抵抗はない。僅かに息を詰まらせながらも、カルディアの胎内は易々とオルテウスを呑み込んでいく。

腰をゆっくりと落としながら、カルディアは恍惚とした表情を浮かべ、根元までしっかりと彼をくわえ込む。

隙間なく中を埋められると、オルテウスへの愛おしい気持ちが更に募り、カルディアは彼の身体をぎゅっと抱き締める。

「噛んでくれ……」

甘く懇願されるまでもなく、彼女はオルテウスの首筋から肩の間にぐっと歯を立てた。それに合わせてオルテウスが腰を揺すり、彼を求めて震える胎内をぐじゅぐじゅと掻き乱す。

カルディアも自然と腰を振り、オルテウスに呼吸と動きを合わせる。長い二人きりの時間がそうさせたのか、言葉がなくてもお互いがどう動くのか、何を求めているのかが不思議とわかる。

キスをしたいとカルディアが願えばオルテウスが唇を奪い、噛んでほしいとオルテウスが思えばカルディアは彼の首に歯を立てた。

お互いが上りつめる瞬間も重なることが多く、今もカルディアが達しかけたのと同時に激しい熱が彼女の中に注がれる。

「あああ、いく――!!」

子宮に流れ込む愛の証を受け止めながら、カルディアは強い愉悦にガクガクと身体を揺らす。

彼を受け止めるその一瞬はとても幸せで、同時にとても辛い。あまりに甘く心地いいせいで、自分を保つのがひどく難しいからだ。

「やはりカルディアは……世界一可愛い俺だけの魔女だ……」

その上耳元でオルテウスが甘く囁くものだから、彼女はすぐまた我を忘れてしまいそうになる。

「だからこれからもずっと、俺と繋がっていてくれ」

カルディアの中に己を埋めたまま、オルテウスがより強くカルディアを掻き抱く。

「私も……あなたと、つながっていたい……」

心も身体もピタリと合わせたまま、ずっと一緒にいたいという思いがカルディアの中でより強くなる。それはオルテウスも同じだったようで、彼は小さな竜だったときを思わせる仕草で、カルディアに頬を寄せた。

「もうお前は……俺のものだよな？」

「ええ……もうずっと前から、あなたのもの……」

本当の番にはなれなかったけれど、それ以上の関係が二人の間にはずっとあった。

それはこれからも変わらないし、より強まっていくに違いないと今は思える。

「そしてあなたは、私のもの……」

オルテウスの顔を自分の方へと向けさせ、ちゅっと音を立てながら柔らかな唇を吸っていると、カルディアの中に埋まった熱杭がぐっと力を増していくのを感じる。

「ふあ……オル……ンッ……ぁッん……ッ」

再び律動が始まり、二人の唇がより深く重なった。

(今日は、いつもより長く……この腕に捕らわれてしまいそう……)

でもそれでもいいと、今は思える。

そして彼女は最愛の竜が与えてくれる熱に溺れながら、その身も心も彼に重ね続けたの

だった……。

＊＊＊

「ああ、やはりお前は……本当に可愛い……」

眠りに落ちたカルディアを見つめながら、オルテウスはしみじみとそう呟く。

そのまま朝まで彼女を見つめていたかったが、そうもできない事情があり、オルテウスは夜も大分更けた頃に、ベッドをおりた。

服を纏い、彼女が寒くないよう暖炉に火を入れると、空虚な寝室に暖かな色が広がった。

朱色の光に照らされたカルディアの寝顔を見つめながら、オルテウスは思わず笑みをこぼす。

(彼女がいるだけで、世界はこんなにも変わるものか……)

かつてこの部屋で暮らしていた頃、オルテウスはいつもひとりだった。

何にも興味を覚えず、したいことも欲しいものもなく、ただ時間を潰すためだけにオルテウスはこの部屋にいた。

それを苦だと思ったことはなかったが、二人で過ごす時間を知ってしまった今はもう、あの頃に戻ることはできないだろう。

(俺がここに来るのも、もうこれで最後だろうな)

腐竜病の患者たちが落ち着けば、この都にいる理由ももうなくなる。

そうなればオルテウスはカルディアを連れて森の巣に帰るつもりだった。

そもそも、王都にだって本来は戻るつもりはなかったのだ。

腐り果てた自分の身体を捨てたあのとき、オルテウスは自分の過去と身分もまた捨てるつもりだった。

（俺はもう二度と竜王には戻らない。だがそのためには、やり残したことを済ませねえとな……）

カルディアが熟睡しているのを確認してから、オルテウスはもう一度竜の姿となり天を下る。

先ほどまでいた私室の遥か下、地上二階部分にあるギリアムの私室へと降りた彼は、そこで再び人の姿に戻った。

「ずいぶん遅かったな」

部屋に入ると、不満げな顔で彼を待っていたのはギリアムだった。

「準備は？」

「できているに決まっている」

オルテウスに謝る気がないことを察したのか、ギリアムはついてこいと言うように手を振った。

私室の奥にある隠し扉から狭い通路に入り、そのまま二人は地下へと降りる。

その先は秘密の独房に繋がっており、そこに目的のものはあった。

「やっぱりこんなもの、残すんじゃなかったな」

独房の中に運び込まれていたのは、腐り果てた巨竜の肉塊である。

魔法によって最低限の防腐処理は施されているが、主を失ったそれはひどく醜く歪んで見える。そしてそれこそ、かつてオルテウスが捨てた己の一部であった。

「あとそいつも、お前の残したくないものだろう？」

ギリアムの視線の先を見れば、肉塊に縋りつく男の姿が見えた。ひどくやつれた顔のせいで別人にも見えるが、それは先日オルテウスたちが捕らえた聖竜教会の長フェリンだ。

「お前に否定されたことがよっぽど堪えたのか、ろくに喋りもしない」

「だが、腐竜病との関係はわかったんだろ？」

「ああ。十年前はお前の権威を高めるために、そして今回は俺の排除をもくろんでのことらしい」

「お前、こいつに恨まれるようなことでもしたのか？」

「このところ、聖竜教会の熱心な信者たちが他の宗教団体を排除しようとする動きが活発でな。あまりに目にあまるので少しきつく注意をした」

その際、これ以上問題が起きれば遺骸を引き取ると言ったのが相当癇《かん》に障ったらしいとギリアムはため息をつく。

竜王オルテウスとその死を信仰する聖竜教会にとって、オルテウスの肉塊は言わば信仰の象徴だったのだろう。だからそれを奪われることは信仰を奪われるのも同じと思ったのかもしれない。

「ほんと、ろくでもねえ野郎だな」

「ああ。だが聖竜教会の信者は多いし、教会自体はこのまま残るだろうな……。竜王オルテウスへの純粋な信仰心を持つ者まで切り捨てるわけにはいかない」

ギリアムは竜王オルテウスから王位を継いだことになっているし、この国の財政の一部は聖竜教会からの寄付金で支えられているため、教会を取り潰すことはできないのだと彼はぼやく。

「とりあえず今後教会の運営はハインに任せるつもりだ。ヤツも今回の責任をとりたいと言っていたし、お前への暑苦しい信仰心は周知の事実だからいぶかしがる者はいないだろう」

「なら、そのためにも後始末はつけておくか……」

肉塊に縋りつくフェリンに冷たい笑みを向けながら、オルテウスはその身を半竜へと変えていく。

それに気づいてフェリンは顔を上げたが、すぐにまた肉塊の方へと目を向ける。

おそらくフェリンはもう、彼を王だとは思っていないのだろう。

（いや、元々こいつは俺自身のことなんか見ちゃいなかったんだろうな）

だからこそ、竜王オルテウスの姿に歪んだ執着を覚え、心酔し、信仰の対象にまでしたに違いない。

「それと、ハインにこれだけは伝えておけ」

フェリンの首筋にそっと手をかけながら、オルテウスはギリアムを振り返る。

「俺を信仰するのは勝手だが、こいつみたいな信者はもう生むなと」

言葉と共に、オルテウスはほんの少し指先に力を入れる。

途端にフェリンの口から悲鳴がこぼれ、ギリアムが僅かに顔をしかめた。

「そして竜王の復活などもう二度と望むな。もし復活を願い、そのために俺を王に引き戻そうとする奴が現れたら、お前でもこうすると伝えておけ」

骨の砕ける音がして、フェリンの首が不自然な角度に傾いた。

息絶えたフェリンを冷ややかに見つめた後、オルテウスは自身の肉塊の上に亡骸を放った。

「……わかった、伝えよう」

「ちなみに今の言葉は、お前にも向けた言葉だぞ？」

「俺はお前の復権など望んでいない」

「ならいい」

ギリアムの答えに笑いながら、オルテウスはそこで軽く手を払う。

その途端、朽ちた肉塊から大きな火の手が上がった。

それは横たわるフェリンにも燃え移り、あっという間に全てを灰にしていく。

「容赦のない男だな」

「する必要があったか？」

フェリンはオルテウスの幸せな日々を邪魔し、壊そうとした男なのだ。

手加減する理由などどこにもないし、むしろこれでも手ぬるい殺し方をした方だ。

「相変わらず、お前は恐ろしい竜だな」

「それも今日で卒業だ。だから、カルディアには言うなよ」

「あの子には嫌われたくないんだな」

「ああ、よしよししてくれなくなったら困る」

声は明るいが、その瞳にはまだ冷徹な光が残っている。

だがそれも次第に薄れ、オルテウスは再び人の姿へと戻った。

「もう二度と、死んだ竜王を目覚めさせるな」

「心得ておく」

ギリアムの答えに満足げに頷くと、オルテウスはゆっくりと歩きだす。

彼は最愛の魔女のもとに戻るため、闇の中へと静かに消えていった――。

エピローグ

竜王が築いた王都の北西、霧深い森の奥にはどんな病をも治す薬を作る魔女が住む。

そんな噂を信じ、カルディアとオルテウスの屋敷に毎日のように客人がやってくるようになって、もう数年になる。

店を主に切り盛りするのは、二人と共にここに移り住んできた執事のロックハートで、商売上手な彼のおかげで薬の売り上げは上々だ。

店を任せられるおかげで薬の生成と薬草の研究に集中できるようになり、カルディアはほぼ一日、屋敷の中庭にある温室に籠もっている。

そしてその傍らにいるのは、もちろんオルテウスだ。

夫婦となってから長い時がすぎたが、彼の愛情には未だ陰りが見えない。常に側に寄り添い、世話を焼き、時にはカルディアが愛でる草花に嫉妬したりもするが、オルテウスはいつも幸せそうだった。

「カルディア、そろそろよしよしが足りねえ……」

などと外見に似合わぬおねだりを不意打ちでされると笑ってしまうけれど、彼に甘えられるのがカルディアは嫌ではない。

「まだ仕事中だから、あとでね」

「いや、今がいい」

「だってオル、下手に撫でるとそれだけじゃ終わらないでしょ」

　薬草をナイフで細かく刻みながら言えば、オルテウスは不満そうな顔をした。

「今日は何もしねぇよ。それに、手を出しそうになったら、これで縛れば良い」

　そんな言葉と共に、彼は自分とカルディアを繋ぐ鎖を出現させる。

「それで大人しくなったことが今まであった？」

「三回くらいはあったろ」

「たった三回で威張らないでよ。とにかく、もう少しだけ待ってくれない？」

　仕事の手を止めずに言えば、オルテウスはシュンと肩を落とし、カルディアの足下にどっかりと腰を下ろす。

　子供のように膝を抱えるオルテウスと、その横で仕事に夢中になっているカルディア。

　二人の間の鎖は未だ消えておらず、はたから見れば大変怪しい二人組に見えるだろう。

　実際薬を求めてやってきた客が、二人を見て驚くことも多い。

　オルテウスが竜の姿をしているなら別だが、このところずっと彼は人の姿のままなのだ。

　時々小さな竜の姿にはなるが、王都での一件以来、彼は頑なに本来の姿には戻らない。

　この格好が一番カルディアを抱き締めやすいからだと口では言っているが、たぶんそれは本当の理由ではないだろうと彼女は思っている。

かつてオルテウスは竜王と呼ばれ、世界の全てを手にしていた。

だがそれでも彼はずっと満たされず、孤独で、空っぽで、常に飢えていた。

人々にとって竜王オルテウスは完璧な存在だが、彼自身にとっては不完全で虚ろなものでしかなく、かつての自分に戻りたいという意思は欠片もないのだろう。

そしてオルテウスが昔の自分に戻りたくないのなら、それでいいとカルディアは思っている。

彼の望むまま、望む姿でいてほしいというのが彼女の願いだ。

変態的な発言を連発したり、鎖に繋がれて喜んでいる姿を見ると少々心配になったりはするが、オルテウスが生き生きとしているのならそれはそれでいい。

自分だって好きにさせてもらっているし、オルテウスもありのままのカルディアを愛してくれているから。

「オル、終わったよ」

仕事が一区切りつくと、カルディアは手を広げて最愛の竜を呼んだ。

途端にガバッと抱きついてくる大きな身体を受け止めながら、彼女もまた幸せそうに笑う。

「待たせすぎだ」

「十分くらいなのに」

人より長生きで、時間の感覚もゆっくりしているくせに、こんなときだけオルテウスは子供のように拗ねる。

「ならその十分がどんなに長いか、教えてやろうか？」

「な、何か悪いこと企んでない……？」

「それはお前次第だ」

そんな言葉と共にオルテウスは微笑んだが、向けられた瞳の奥にはいつもの彼からは想像もできない鋭さが一瞬宿る。

それは竜王の姿をしていたときに見せたものに似ていて少しだけ背筋が冷えたが、それでもカルディアは彼から離れることはしない。

時折見せる竜王の名残は恐ろしくもあるけれど、それもまた彼の一部だとわかっているし、彼はまたすぐに子供のように純粋な表情を浮かべると知っているからだ。

「冗談だよ。可愛いお前に意地悪はできない」

「とか言って、すぐ恥ずかしいことするくせに」

「それは愛ゆえだ」

「オルの愛は、私にはちょっと刺激が強すぎるかも……」

「でも嫌いじゃねえだろ？」

「だから余計に困るのよね」

言いながら、カルディアは小さく背伸びをし、オルテウスの唇を奪う。

「俺も、お前のそういう可愛いところがものすごく困る」

「じゃあキスはやめる？」

「やめられるわけねえだろ」

そんな言葉と共に施された口づけは優しくて、カルディアはうっとりと目を細める。

「キスも愛の告白も、お前を甘やかすのも一生やめねえ」

最愛の魔女を喜ばせることが、今のオルテウスには何より幸せなことなのだろう。

ならばそれを受け入れることが自分の役目だと考えながら、カルディアは最愛の竜との甘く幸せな口づけに身を委ねる。

「だからずっと側にいてくれ。この先もずっと、俺だけの魔女として」

キスの合間にはさまれた懇願に、カルディアは微笑みながら頷く。

そして彼女はオルテウスへの深い愛情を伝えるため、彼の首筋にそっと唇を寄せたのだった――。


【了】

あとがき

この度は『竜王様は愛と首輪をご所望です！』を手に取っていただき、ありがとうございます！

令和になってもマッチョと残念なイケメンが大好きな、八巻《はちまき》にのはです。

今回は、久々に人外のイケメンを書かせていただきました。

元々異種間恋愛をテーマにしたお話が好きで、ネット上ではエビ型宇宙人と地球人の恋愛物なども書いているのですが、さすがに商業でエビはハードルが高いので、今回はドラゴンものです。

とはいえ、ヒーローがトカゲっぽくなったり、『ぐべぇ』と鳴いたりするので受け入れてもらえるかな……と少々不安もあるのですが、成瀬山吹《なるせやまぶき》さんが素敵なイケメンに描いてくださったので、きっと大丈夫なはず！　と、言い聞かせつつこのあとがきを書いております。

成瀬さんとご一緒するのはソーニャ文庫で初めて書いた『限界突破の溺愛』以来ですが、

今回も本当に素敵なイラストを描いていただきました。
特にヒーローの厚い胸板が最高でした。筋肉……イイッ！
また、ヒロインもとっても可愛くて、ラフの段階からずっとニヤニヤしておりました。
素晴らしいイラスト、本当の本当にありがとうございました！

そして編集のYさんには、今回も大変お世話になりました。『ぐべぇ』って鳴くヒーローを快く受け入れ、没にしなかった心の広さには大変感謝しております。ありがとうございます！

元号が変わっても作風は変わらない。そんな作家ではありますが、次回作もまた手に取って頂けると嬉しいです。
それではまた、お目にかかれることを願っております！

八巻にのは

Sonya
ソーニャ文庫

この本を読んでのご意見・ご感想をお待ちしております。

◆ あて先 ◆

〒101-0051
東京都千代田区神田神保町2-4-7 久月神田ビル
㈱イースト・プレス　ソーニャ文庫編集部
八巻にのは先生／成瀬山吹先生

竜王様《りゅうおうさま》は愛《あい》と首輪《くびわ》をご所望《しょもう》です!

2019年9月8日　第1刷発行

著　　者　八巻《はちまき》にのは
イラスト　成瀬《なるせ》山吹《やまぶき》
装　　丁　imagejack.inc
D　T　P　松井和彌
編集・発行人　安本千恵子
発　行　所　株式会社イースト・プレス
〒101-0051
東京都千代田区神田神保町2-4-7 久月神田ビル
TEL 03-5213-4700　FAX 03-5213-4701
印　刷　所　中央精版印刷株式会社

ISBN 978-4-7816-9655-3
定価はカバーに表示してあります。

Sonya ソーニャ文庫の本

『限界突破の溺愛』 八巻にのは

イラスト 成瀬山吹

らゆる場所と手段を使って馬主の権限向上を働きかけ、そのいくつかを実現させた。そのため、馬主からの支持は多く、近藤をして「ドン」の座にまで押し上げた。

そんな近藤が真骨頂を業界内外に見せつけたのは、名ジョッキー・武豊をめぐる事件だった。近藤と武はＧⅠでの勝利など、長年ウィンウィンのランデブーを見せていたが、２００７年の香港遠征においてアドマイヤムーンが勝てなかったことで大きな亀裂が走る。この敗戦に激怒した近藤は以降、武の騎乗を拒否。ドンの行動はその後の武の他競走馬での騎乗にも少なからぬ影響を見せた。

近藤がドンとしての力を見せつけるのは競馬だけではない。大相撲、特に元横綱・朝青龍のタニマチとして知られ、優勝を決めた08年春場所の千秋楽では、花道で横綱と抱き合って喜ぶ姿がテレビで放映された。

荒くれものでヒールだが、勝負強さにかけては天下一品という朝青龍のキャラクターを近藤が愛好する理由は、競馬ファンであればよく理解できるだろう。

また同年10月には、近藤の出身地である徳島県三好市の合併2周年を記念した相撲巡業の開催にも尽力した。徳島の一地方都市まで興行を引っ張ってくるのは、そんなに簡単なことではない。それも近藤の人間としての底力であった。

※本書は2017年に小社より刊行した『完全保存版 昭和の「黒幕」100人』に、新たな原稿を加え、再編集したものです。

※本書の執筆者で不明な方がいます。ご存知の方がいらしたら、編集部まで連絡を下さい。

宝島SUGOI文庫

昭和の「黒幕」100人

(しょうわの「くろまく」ひゃくにん)

2025年2月19日　第1刷発行

編　者　別冊宝島編集部
発行人　関川 誠
発行所　株式会社 宝島社
〒102-8388　東京都千代田区一番町25番地
電話：営業 03(3234)4621／編集 03(3239)0928
https://tkj.jp
印刷・製本　株式会社広済堂ネクスト

Printed in Japan
First published 2017 by Takarajimasha, Inc.
ISBN 978-4-299-06477-6